失恋後夜、Ｓ系御曹司の猛烈な執愛に捕まりました

m a r m a l a d e b u n k o

綾瀬麻結

マーマレード文庫

目次

失恋後夜、S系御曹司の猛烈な執愛に捕まりました

序章 …… 6
第一章 …… 11
第二章 …… 52
第三章 …… 86
第四章 …… 114
第五章 …… 170
第六章 …… 213
最終章 …… 243

番外編……………………282
あとがき……………………318

失恋後夜、S系御曹司の猛烈な執愛に捕まりました

序章

薫風にそよぐ木々の新緑が眩しいゴールデンウィーク明けの週末。

二十時を過ぎているというのに、羽田空港の出国ロビーでは、海外旅行へ向かう家族連れや外国人、ビジネスマンといった人たちでごった返している。

そうした人々にまじり、二十四歳の安積由奈は保安検査場の前で立ち止まった。セミロングの髪を耳殻にかける素振りで頬の引き攣りを隠し、一昨日に結婚式を挙げ、これからハネムーンへ出発する姉夫婦に向き直る。

明るくて活発な三歳年上の加奈と、ずっと好きだった幼馴染み、三十歳の倉永龍之介に……。

由奈と加奈は、明治五年に創業した老舗割烹旅館を営む両親のもとに生まれた。

旅館には文化財として美術館に所蔵されてもおかしくない狩野派の屏風や、有名歌人が書した国宝級の遺作が飾られており、目の肥えた美術家も訪れる。

それだけではなく閑静な雰囲気がいいため、政界や財界からも好まれていた。

その由緒正しい旅館を、由奈と加奈は遊び場とし、木立に囲まれた広い日本庭園を駆け回ったり、旅館内でかくれんぼをしたりして伸び伸びと育った。

しかし二人きりで遊んでいたわけではない。姉妹のいい遊び相手になってくれたのが、旅館の料理長として働く倉永の息子の龍之介だ。

龍之介はとても人情に厚く、由奈の願いならなんでも聞いてくれたし、由奈はそんな彼に甘えていた。

加奈は口が達者で、どちらかというと龍之介とは同等でいたがった。それもあり、高校生の頃には彼に対して自分の意見をはっきりと述べるまでになっていた。

だからといって悪意があるわけではないので、龍之介は加奈に言いくるめられても笑顔だった。

人目を引く美女の加奈、柔道選手並みに体格がいいがおっとりした龍之介、そして大人しい由奈という三者三様の性格だったが、三人は本当の兄妹のように育った。

そうやって過ごすものの、龍之介が特に優しくしていたのは由奈だ。

由奈が高校受験に合格した時は通学に必要なバッグと靴をプレゼントしてくれた。成人を迎えると初めてホテルのディナーに誘ってくれ、大学を卒業する際には大きな花束を贈ってくれた。

龍之介は、こういうイベントを加奈にしたことがない。由奈にだけ、特別に目をかけていた。

そんな風にされれば、龍之介に惹かれていくのは当然だろう。

龍之介が父親を追って料理人として働き出してからはあまり会えなくなったが、二十八歳になった彼が安積旅館に就職して以降は、毎日働く姿をうっとりと眺めた。それだけで、胸の奥がじんわりと温かくなった。

ただ、四六時中見られるわけではない。大学を卒業したあと、由奈が旅館の常連客から推薦状を得てシティホテルに就職したためだ。

そこでいろいろな男性と出会ったが、誰にも目移りしなかった。心に住むのは龍之介ただ一人。それぐらい彼だけを一途に想っていた。

いつの日か、龍之介と付き合いたい……。

しかし由奈の夢は、加奈と龍之介が結婚すると告げられた時に無残にも粉々に砕け散った。

どうして二人が付き合っていたことに気付けなかったのだろうか。

もう由奈にどうこうできる時期は過ぎたのに、未だに心痛に苛まれる日々を送っている。

泣き出してしまいそうなほど胸が苦しいが、それを必死に押し殺して加奈に微笑みかけた。

「お姉ちゃん、楽しんできてね」

「うん。見送りに来てくれてありがとね。お土産、たくさん買ってくるから」

加奈が白い歯を零して、由奈を抱きしめる。

幸せいっぱいの姉を抱きしめ返してから、義兄となった龍之介に視線を合わせた。

由奈は唇を引き結び、込み上げてくる悲しみを必死に堪える。

「僕たちがいない間は由奈ちゃんに迷惑をかけると思うけど、旅館を頼むよ」

「うん、わかってる。こっちのことは気にしなくていいから、二人でいい思い出をたくさん作ってきて。帰国したら、なかなか夫婦で長期休暇を取れないんだし」

由奈は加奈との抱擁を解き、二人を交互に見つめる。

「そうだよね。あたしは旅館の若女将だし、龍は料理長の下でもっと腕を磨かなきゃダメだし」

『ホノルル行き、二十二時十五分発、一八六便をご利用のお客さまは――』

加奈の言葉にかぶせるように、搭乗案内のアナウンスが流れる。それが聞こえると、龍之介が加奈の肩を抱いた。

愛情の籠もった仕草に、由奈の心臓に手でぎゅっと鷲掴みにされたような痛みが襲う。

たまらず奥歯を噛み締めて、漏れそうになった声を殺した。

「加奈、そろそろ手荷物検査を終えないと……」

「うん。じゃ、行ってきます。お父さんたちによろしく！」

姉夫婦は笑顔で保安検査場へ進む。由奈は手を振り続けていたが、二人の姿が見えなくなると手をゆっくり下ろした。

やにわに、由奈の顔がくしゃくしゃになる。我慢していた感情が堰を切り、涙がどんどんあふれ出てきた。

それは頬を伝い、床に落ちていく。

「……っぅ」

もうどうにもならないのだから、ここで自分の恋を終わらせないと……。

しかし、まだ踏ん切れない。龍之介を想っては涙が込み上げてくるのを止められなかった。

由奈は人目もはばからず、その場で悲しみに暮れ続ける。

そんな由奈に、出国ロビーにいる人たちがちらちらと目を向けていたのだった。

第一章

出国ロビーで佇んで涙を流していたら、不意にこちらを覗き込むような動作をしてきた小学校低学年ぐらいの女の子と目が合った。

手をつないだ母親に急かされて前を向くが、何度も振り返ってくる。その女の子は、由奈を見ては唇を尖らせた。

どうしてしかめっ面を？——そう思いながら初めて周囲に目を向けて、ようやく気付いた。

そこにいる人たちが、由奈をちらちらと見つめている！

自分の世界に浸っていたことが恥ずかしくなった由奈は、涙で視界が歪む中、人混みを縫うように早歩きでターミナルを出た。

これからどうしよう。まだ家に帰りたくない。一人きりになれる場所へ行きたい！

「どこかないかな……」

そう呟いた時、シャトルバスで五分ほどのところにあるシティホテルのバーを思い出した。

あそこでなら一人の世界に浸れるかも……。

由奈はそちらに向かって歩き出した。


――数分後。


シティホテルのロビーを歩く間も、由奈は顎を引いて泣き顔を隠した。その状態で、廊下を突き進む。

実は、プライベートでシティホテルを利用する機会はあまりない。

しかし東京駅からほど近い場所にあるコクリョウパレスホテルでコンシェルジュとして働いている由奈は、仕事でこのホテルに来たことがあった。

それで目指す場所――広い庭園と離陸する飛行機を眺められる、雰囲気がとてもいいここのバーを知っていた。

そこでなら、たとえ泣いていたとしても、誰にも迷惑をかけずに静かに過ごせるだろう。間接照明とテーブルに置かれたＬＥＤライトだけしか灯っていないので、難なく顔を隠せるからだ。

しかも窓際の席は全て外を向いているため、誰にも顔を見られる心配はない。今の由奈にとって、ここ以上に素晴らしい場所はない。

由奈は周囲には目もくれずにバーに入ると、カウンター席ではなくライトアップされた庭園を見渡せるボックス席に座った。

天井から吊されたシャンデリアは柔らかな灯りを放ち、薄暗いバーをほのかに照らしている。それはいい影となり、とても大人な世界を醸し出していた。

「ジャックローズをお願いします」

由奈は注文を取りにきた二十代ぐらいの女性スタッフにそう告げた。

ジャックローズとは、アップルブランデーをベースにグレナデンシロップとレモンジュースを合わせたカクテルだ。甘みの中に酸味がほどよく調和する華やかな香りが特徴的で、上司に〝飲みやすいよ〟と教えてもらった。

それ以降、このカクテルを好んで頼んでいる。

テーブルに赤いバラの花びらのような美しい色のカクテルが置かれると、それをちびちび飲んではひたすら龍之介に想いを馳せた。

いったいどこで間違えたのだろうか。

龍之介への愛がありながら行動を起こさなかったから？　彼に好かれていると感じていたから？

それについては、二人が結婚するという報告を受けてから、何度も自問自答を繰り返している。

そのたびに〝当たり前でしょう？　好かれているとでも思った？〟という内なる声が響いて打ちのめされた。

「もう諦めなきゃ……」

でも感情が追いつかない。だから涙があふれて止まらないのだ。

「……っ」

由奈はカクテルを飲んで、嗚咽を殺す。

酔えば、完全に忘れられるだろうか。

グラスが空けば注文し、三杯、四杯と次々に胃に入れていく。

飲めば飲むほど涙が頬を伝うが、そうすることで想いを吐き出せると信じてカクテルを呷った。

その時だった。

「どうしたの？　……ずっと君を見てたんだけど、少しピッチが速くない？」

一人の男性が由奈の断りもなく隣のソファに腰を下ろし、身を乗り出してきた。由奈は咄嗟に顔を背ける。

「ひょっとして彼氏に振られた？　……こんなに可愛い子を蔑ろにするなんて。けれども、そのおかげで君に出会えた。良かったら、僕と一緒に飲みませんか」

今声を出せば嗚咽が漏れてしまう。

由奈はただ首を横に振るが、男性がさらに上体を倒して由奈の顔を覗き込んできた。

想像していなかった行動に、由奈は目を見張った。

涙で顔の輪郭がぼやけるが、男性が三十代ぐらいなのはわかった。短髪にスクエア型の眼鏡をかけているので、とても知的に見える。

ところが、片方の口角を上げたにやけ顔をしているせいで、どこか軽薄そうにも感じられた。

「……結構です」

由奈は声を振り絞って拒絶した。

「そんな風に言わずにさ。僕は一人で出張に来てて、明日帰る予定なんだ。お互いに誰もいないんだし、一緒に飲もうよ。ねっ？」

男性が上体を捻って上目遣いをする。あろうことか誘惑に満ちた目で見つめ、由奈の手にそっと手を重ねてきた。

職業柄、どんなお客であっても礼儀を持って接するように指導を受けているため、ちょっとやそっとでは驚かない。

でも前触れもなく触れられただけでなく、ぐいぐい迫られて、頭の中が混乱してきた。しかも、男性の汗ばんだ手がぬめっとしていて気持ち悪い。

それらが全て重なり、由奈は手を引こうと力を込めた。なのに逃がすまいとする彼に、手を握り締められてしまう。

「やめてください」

由奈はか細い声で訴える。

「可愛いな……。君の涙を拭ってあげたい。その震える唇にも触れてさ。ねえ、僕が癒やしてあげていいかな？」

恥ずかしいセリフをしつこく言って、ぐいぐい迫ってくる。

そう言えば喜ぶ女性が、この男性の周囲にいるのかもしれないが、由奈にとっては不快だった。

態度でも表情でも示すのに、男性はまったく退かない。それどころか、積極性が一層増していく。

「お願いです。もう……向こうへ行ってください」

「どうして？　独りで悲しく泣いている君を放ってはおけないよ。こんなに可愛ければ尚更だ。こんなところにいるのは良くないな。どう？　上の階へ行って、夜景の見える部屋で一緒に飲まない？」

夜景の見える部屋——それは目の前の男性が泊まる部屋だというのは安易に想像できた。

そこに連れ込んで、何かをしようとするのも……。

「離して！」

由奈は声をひそめながらもはっきり意思表示をする。だが男性は、聞く耳を持たない。由奈の手を引っ張って腰を上げた。

「おいで。僕が慰めてあげる」

微笑んでいても、眼鏡のレンズ越しから双眸をぎらつかせているのが見て取れた。欲望の光を間近で直視してしまった由奈は、得も言われぬ恐怖に襲われる。

「い、イヤ……」

パニックに陥った由奈は、必死に腕を引き寄せて抵抗した。肩に痛みが走っても抗う。しかし、男性の力に女性が敵うはずがない。

もうダメ！——まさにそう思った時だった。

「ごめん、待たせた？」

耳元で男性の深い声音が響くと同時に、肩に触れられた。

ハッとして横を向くと、そこには二十代後半ぐらいの背の高い男性がおり、由奈に微笑みかけている。

さらさらの髪の男性はモデルのように目鼻立ちがくっきりし、スーツ姿でも無駄な贅肉はついていないと断言できるぐらいに引き締まっている。

二重瞼、綺麗な瞳、真っすぐな鼻梁、そして形のいい唇は、男性の相貌を華やかに彩っている。とはいえ、優しさだけがにじみ出ているわけではない。

今は目元は和んでいるものの、ひとたび怒りを込めたら相手を射貫けるのではないのかと思うくらい、男性の目力は強烈だった。

そんな男性だが、由奈を見る表情には一切悪意がない。まさに〝天使の微笑み〟を浮かべている。

由奈をナンパしてきた人とは全然違う男性の登場に、自然と安堵が広がり、身体に入る力が抜けていった。

「えっ？　あなたは彼女とどういう関係……」

いきなり他人が割り込んできて驚いたのか、由奈にモーションを掛けていた男性の手の力が緩む。

その隙を狙って、由奈は手を引いた。

ようやく手枷を外せてホッと安堵の息を吐くと、掴まれていた手首を手で擦る。

不意に、助けてくれた男性が由奈の肩を撫でた。

わかっているのだ。手首のみならず肩も痛めているということも……。

「ああ、彼女と待ち合わせしていたんですが、携帯の電源が切れてしまい、遅くなるという連絡を入れられなくなって。……バカだな。僕が君との約束を破るはずがないだろう？」

そう言って、男性は由奈の鼻の頭を指で触れる。

初対面の男性に親しげにされて、一瞬息を呑む。ところが驚きは、すぐに波が引くように消えていった。

男性が由奈たちの間に割って入り、ナンパをする男性を牽制してくれたおかげだ。

直感でわかった。男性は由奈を助けてくれる人なんだと……。

それを認識した途端、由奈の心が軽くなり、強張っていた頬が緩んでいった。

由奈が男性に微笑むと、スクエア型の眼鏡をかけた男性が咳払いした。

「あっ、ああ……なんだ、一人じゃなかったのか。だったらそう言ってくれないと。彼女が男に声をかけてもらいたがっている振りをするから」

男に声をかけてもらいたがっている振り？

いつの間にか由奈が悪いみたいになっていてきょとんとしてしまうが、男性はそれに気付かず去っていった。

何はともあれ、これで自由になった。もうあの人に煩わされる心配がないと思うや否や、由奈の身体から力が一気に抜けていった。

「よ、良かった……」

由奈はソファに沈み込むが、助けてくれた男性を思い出してさっと面を上げる。

男性はやや居心地悪そうに眉間を寄せて由奈を見下ろしていたが、何かを考えながら先ほどまで眼鏡をかけた男性が座っていたソファに腰掛けた。

「あの、助けてくださりありがとうございました」

「うん。まあ……普通ならバーで泣いてる女性を見かけても放っておくが、君……羽田の出国ロビーでも、人目を気にせず声を殺して泣いていただろう？　それで見逃せなかった」

「えっ？　出国ロビーって、まさか……」

「あの場に俺もいたんだ。姉の見送りでね」

男性の言葉に、由奈は目を見開く。

まさか、あれを見ていた人と会うなんて……。

一気に羞恥心が湧き起こり、由奈の頬が熱くなっていく。

「すみません。あの時は、感情を抑え切れなくて」

「知ってる。君は……お姉さん夫婦の前では気丈に振る舞い、彼らが背を向けると顔をくしゃくしゃにして涙ぐむ。二人を見るのは辛くて悲しいと言わんばかりに。……そうだよね、安積さん」

「はい――」

そうなんです――と力なく頷いて、由奈はぴたりと動きを止める。たった今、男性が由奈の名字を口にしたと気付いたからだ。

しかも、出国ロビーの場所以外でも見かけたような素振りだ。

「どうして知って……？　いったいあなたは何者なの？」

由奈の声が震える。

偶然出国ロビーで見かけたから、由奈を助けようと思った。

これは理解できる。

けれども、姉夫婦とは名前で呼び合うので、偶然その場に居合わせただけで、由奈の名字を知るのはあり得ない。

だからこそ、この状況がおかしく思えてならなくなる。

目の前にいる男性は、本当に由奈を助けるために声をかけてくれたのだろうか。もしや何か意図がある？

由奈が訝しげに男性を凝視すると、男性は諦めに似た顔つきになった。

「ああ、そうくるよな？　怪しい男だと認知されると思ったから、君に声をかけて助けるか放っておくかで迷ってたんだ」

男性は苦笑いして肩をすくめた。

「普通なら、出国ロビーで泣いている女性を目にしても気にも留めない。ああいうところでは別れも多いだろう？　なのに、安積さんが気になってしまったのには理由がある。というのも、ほんの数日前に君を見たからだ。俺が安積加奈さんと倉永龍之介さんの披露宴に出席していた時にね」

またも爆弾発言を落とされて、由奈の息が止まりそうになる。

披露宴に出席していた？　それってつまり姉夫婦の関係者という意味!?

由奈は愕然となる。そして男性がさらりと口にした言葉を反芻して、由奈の顔が青ざめていった。

男性があえて〝二人を見るのは辛くて悲しい〟と言ったのには理由がある。それは、彼にも由奈の心が透けて見えていたということだ。

どうしよう。姉夫婦と知り合いなら、面白おかしく暴露されてしまうかも！

加奈たちが由奈の心を知った際に起こる気まずさを想像してしまい、胸が締め付けられる。同時に瞼の裏に針でちくちく刺すような痛みが走り、鼻の奥がツーンとしてきた。

二人の幸せを壊したいわけではないのに……。

ナンパ男への対応で止まっていた涙腺が、また緩んでいく。

不安に押し潰されながらも、由奈は辛うじてそれを堪えて口を開いた。

「あなたは、私の姉か龍くんのお友達なんですね」

「いや、違う」

間髪を容れずに返事されて、由奈は目をぱちくりさせた。

違う？　友達ではないのに披露宴に招待された？　だったら、倉永家の親族？

いろいろなことを考えていると、男性がふわっと柔らかく頬を緩めた。

「新婦と新郎の友人でもなければ、親族でもない」

「違うの？　……それってどういう意味？」

由奈がそう訊ねるのに合わせて、男性の背後に人影が現れた。

そこにいたのはバーの男性スタッフで、どうも男性が別の席で飲んでいたグラスを持ってきてくれたようだった。

「ありがとう。もう一杯おかわりをもらえるかな。彼女のも……それと同じカクテルでいい？」

最初は男性スタッフに話しかけ、続いて由奈のグラスを指す。

由奈が素直に頷くと、男性は「軽くつまみも」と追加を頼む。男性スタッフが去ると、由奈に向き直った。

「そもそも披露宴に出席するのは父だったんだ。父は安積旅館を贔屓にしていて、そのご縁で招待されたらしい。なのに仕事で出られなくなって……。それで父に頼まれた僕が、代理で出席することに」

「お父さまの代理？」

「そう。それで親族席を眺めていたら、悲しそうに新郎を見る君が目に入った。その記憶が強く残ってたから……空港で再び君を見かけて、いろいろと察したんだ」

由奈は静かに相槌を打つ。

なんということだろうか。披露宴でのふとした瞬間と、出国ロビーで泣いていたところを見ただけで、全てを悟られてしまうなんて……。

でも、男性の話で改めて気付かされた。自分の感情が駄々洩れになるぐらい、龍之介への想いがとても強かったというのを……。

そう思うと胸の奥がまた痛くなり、涙腺が一気に緩んで涙があふれてきた。それは静かに頬を伝って落ちていく。

男性は眉をひそめるが、何も言わない。しばらくの間、由奈がさめざめと泣くままにさせてくれていた。

しかし、新しいお酒が運ばれてきても由奈が泣き続けていると、男性が小さく咳払いした。

由奈は濡れた目で男性を見る。

「その……君の気持ちが俺から彼らに伝わるんじゃないかという心配はしなくていい。彼らとは親しくないし、誰彼構わずに他人の秘密を話す趣味はないから。ただ、これだけははっきり言わせてもらう。お姉さん夫婦の幸せを心から願うのなら、君が育ててきた想いは今日で全部捨てた方がいい」

男性の言葉に、今度は違った意味で涙が止まらなくなる。

好きな人が姉と結婚した件は、友人たちさえ知らない。この苦しみを吐き出せる人もいなければ、相談できる人もいなかった。

しかし目の前にいる男性は、由奈の知り合いでもなんでもないのに、親しい友人のように諭してくれた。

由奈は胸の奥に温かな風が入り込んでくるのを感じながら、男性を見つめる。

すると、ブランデーグラスを傾けては氷を回していた男性が、ふっと口元をほころばせた。

「俺はさ、安積旅館には一度も行ったことがないし、君のご家族と親しいわけでもない。こうして君と話すのは今日が最後になるだろう。だったらこの機会を利用して、これまで溜めてきた辛さとかを吐き出してみないか？　……どんな話でも、聞いてあげるよ？」

男性の言っている意味がよくわかる。加奈たちの結婚を聞かされてからというもの、由奈は誰にも胸中を吐露しないでずっとくよくよしていた。

悲しみに押し潰されているのに、笑顔を作って過ごしていたから、いろいろな感情で心が淀んでいるのだ。

不思議だが、そのことをわかってくれる男性に縋りたい。

由奈に寄り添ってくれた、唯一の人だから……。

それにしても、初対面と言っていい相手に対して、何故ここまで親切にしてくれるのだろうか。

「あなたはどうしてそんなに優しいんですか？　誰に対してもそうなんですか？」

唐突に男性が目を見開いた。由奈にそう言われると思っていなかったみたいだ。

しばらく由奈をまじまじと見つめて、小さく頷いた。

「確かにこんな風に見知らぬ女性に声をかけるのは、俺らしくない。でも君を気遣うのは、父がお世話になっている安積旅館の娘さんだからかな。縁があって披露宴に出席したんだし。こうやって知り合ったのも何かの運命だ。君も一歩踏み出したいのなら、俺を利用すればいい」

男性の悪意のない微笑みに心を癒やされて、由奈はようやく頬を緩めた。

由奈の心を軽くしようとしてくれる男性は、姉夫婦の披露宴に出席してくれた人。しかも、もう二度と会わない。

そういう人になら、胸に秘めていた想いを素直に話せるのではないだろうか。それで自分も心の整理ができ、前向きになれるかもしれない。

「どう？　僕に話してみる？」

笑みを絶やさない男性に、由奈はお願いしますと頭を下げた。

「その前に、お名前を教えてくれませんか？　名字ではなく下の名前で」

名字を訊ねないのには理由がある。両親の口からご贔屓の名前が出た場合、気付いてしまう可能性があるためだ。

男性との関係は今夜で終わるので、何も知らない方がいい。あくまで、今日だけの出会いで終わりたい。

誰にも告げたことがない心の内を告白するのだから……。

由奈の懇願が届いたのか、男性は小さく頷いた。

「そうだな。そこは公平といこうか。俺は敦也、三十歳だ。君のお姉さんより年上だから、まあ……気軽に話せる親戚のおじさんと思って肩の力を抜いて」

おじさん？　彼が!?

由奈は、敦也と名乗った彼をじっくりと見つめる。

この人のどこが〝おじさん〟なのか。女性の目を釘付けにする身長と容貌をした、モデルみたいに格好いい男性だというのに。

「そんな風に見られるわけがないじゃないですか」

由奈がおかしそうに言うと、敦也もにっこりする。

「いやいや、おじさんだよ。そのおじさんに、なんでも胸の内を曝け出してごらん」

敦也は、由奈が臆せずに打ち明けられるようにしてくれているのだ。

本当になんていい人なんだろうか。

敦也の心優しさに触れながら、由奈は〝心配しなくていい。君の心情を知るのは僕だけだよ〟と眼差しで伝えてくる彼に見惚れていた。

しかし、何故か見られるのが急に恥ずかしくなり、慌てて濡れた頬を手の甲で拭う。そしてグラスを掴み、飲み残しのジャックローズを一気に飲み干した。

食道が焼けるのを感じては、鼻から抜けるアップルブランデーの香りに浸る。そうして一呼吸置いて、敦也を窺った。

「もうバレてますけど、私は新郎がずっと好きだったんです。彼の父親が旅館の料理長なので、物心つく頃から一緒に育って――」

それを皮切りに、由奈は龍之介しか目に入らない人生を送ってきた話をする。

いつも由奈の傍にいてくれた龍之介。兄のように、恋人のように守ってくれたことを……。

「龍くんは、どんな時にでも駆けつけてくれる、私のヒーローだった」

高熱を出した時には女将業が忙しい母に代わって看病を、同級生から追いかけ回されて困っていた時は彼が盾になって追い払ってくれたのだ。

「……うん」

「なんでも私を一番に考え、とても大切にしてくれて――」

当時の出来事が鮮明に甦り、由奈の心臓がぎゅっと締め付けられる。

痛みをまぎらわそうとおかわりしたジャックローズを飲むが、感情をコントロールできない。

再び涙が洪水の如くあふれて、顎を伝ってスカートにぽたぽた落ちていった。

「龍くんに一番愛されていたのは私……そう思っていた。でも違った。彼が愛するのは姉ただ一人。二人が特別仲が良かったことなんて一度もなかったのに、それは私の勘違いだった。知らないところで二人は愛を育んでいたんです」

認めたくなった事実を口に出すや否や、由奈の中で抑えていた辛い感情が一気に暴走し始めた。凄まじい勢いで悲しみが増し、胸が痛くなっていく。

由奈はとうとう両手で顔を覆い、肩を揺らして嗚咽を漏らした。

二人の結婚を知って以降、初めて声を出して泣いた。これまで堪えてきた想いが、激流となってあふれていく。

「泣いたらいい。胸に溜まったものを吐き出し、涙で全部流してしまえ」

敦也の情に満ちた言葉にまたも胸を打たれた由奈は、人目もはばからずに泣き続けた。

敦也は由奈に何も言わない。ただ好きなだけ泣かせてくれ、その間もずっと傍で見守ってくれていた。

どれぐらい経っただろうか。

あまりにも泣きすぎたせいで顔が熱く、喉が渇いてくる。

そっと目線を上げると、由奈の正面に置かれた新しいジャックローズのグラスが目に入った。

敦也が気を利かせて頼んでくれていたのだ。

由奈は有り難く飲ませてもらい、喉を潤した。そして長く息を吐いて呼吸を整えると、敦也がチェック柄のハンカチを差し出してきた。

「ありがとうございます」

声を出して泣いたのもあり、由奈の声はガラガラだった。それでもお礼を言い、借りたハンカチで濡れた頬を拭う。

それを見ていた敦也が、口を開いた。

「男も女も、現在進行形の恋愛が人生で最高の恋と思うが、実際はそうじゃないのが多い。君のもそうだ。けれども、彼を愛した時間は決して無駄じゃなかった」

「……無駄じゃなかった？」

「もちろん。俺は安積さんみたいに……泣くような恋愛はしたことがない。だが付き合っていた女性に振られた経験は何度もある。そのたびに、自分の悪いところに気付けた。もし振られなかったらわからなかったと思う」

敦也さんでも振られる？　こんなにも女性に優しい人なのに？　――そう思いながら凝視すると、彼が苦笑いした。

「安積さん、経験からこれだけは言える。一つの恋が終わったら、次はもっといい恋ができる。心に負った傷が、人を成長させるんだ。もちろん今は恋人を作る気分ではないと思う。でもいつの日か……君の心を奪う男性が現れるはずだ」

「私の心を奪う人が？」

「そう。恋は一度で終わらない。きっと……君の運命の人が現れる」

由奈は小さく口元を緩めた。

誰にも言えなかった想いを話し、誰にも言ってもらえなかった言葉を聞いて、由奈の肩に入っていた力が徐々に抜けていった。

こういうのを求めていたのかもしれない。

由奈の想いを真っ向から否定するのではなく、ただ受け止めてくれるのを……。

敦也とはこの先二度と会わないと思うと、正直悲しい気もする。

由奈の心の奥にある繊細な部分を刺激せず、そこにいるだけで支えてくれる人なんて、そうそう出会えないと知っているためだ。

けれども、二人の関係は今日で終わるからいいのだろう。

敦也との出会いがあって、新しいスタートを切れるのだから……。

「私、心の中ではわかっていたんです。姉が龍くんと結婚すると聞いた時、私の恋は終わったって。でも愛する気持ちも捨てられなくて……。大好きな二人を祝福したいのに。本当に心が半分に引き裂かれそうで、苦しかった」

「うん」

「だけど敦也さんに聞いてもらったら、ちょっと心が軽くなりました」

「そういう言葉を聞けて嬉しいな。本当に良かった」

まるで自分のことのように喜んでくれる敦也。それ以上は何も言わず、ただ由奈に笑顔を向けていた。

その表情を見ているだけで、妙に心臓が早鐘を打ち始める。

由奈はそれを誤魔化そうと、ジャックローズを飲んでは心を落ち着かせようとした。

そうして、庭園のイルミネーションを眺める。

その間、由奈も話さなければ敦也も口を開かない。静かに煌めく庭園に視線を合わせて、お酒を飲む。

普通なら初対面の人と一緒にいて沈黙が続いたら、居心地が悪くなる。でも敦也に対してはそんな空気にはならない。

この静けさが、由奈の心をリラックスさせてくれた。

隣から聞こえるグラスに氷があたる音さえも心が穏やかになる。体温も高くなってきたのか、身体がふにゃふにゃに蕩けそうだ。

由奈は閉じそうになる瞼を押し開けては、重力に負けて視界が遮られる。それを繰り返しながら、グラスを口に付けた。

「龍くんへの想いは、そう簡単に捨て切れないけれど、明日からは前を向いて……頑張ります」

「焦らずに、ゆっくりでいいんだからね」

敦也のバリトンの声が優しく響く。

なんて素敵な声だろうか。由奈のささくれだった心が癒やされていく。

いつまでもこの声を聞いていたい……。

由奈はソファの肘掛けに肘を立てて、手のひらに頬を載せた。そしてもう無駄な抵抗はせず、開けていられなくなった瞼をそっと閉じる。

「今日はそれで充分」

敦也の声に、自然と口元がほころぶ。

お願い、もっと話を聞かせて――そう心の中で囁いて、敦也の次の言葉を待つ。

「安積さん？」

驚愕したような声が響く。そんな声でも、さらに聞きたいと望んでしまう。

由奈は頬を緩ませて次の言葉を待つが、次第に手の力が抜けていった。

「えっ？　ちょっ、安積さん!?　うわっ！　マジか……。そこは触れないって。どうしよう……。安積さん？　起きて」

軽く肩を揺すられる。その揺れさえも気持ちいい。

「う、ん……」

「寝ないで。起きて！　君がグラスを落として、スカートが濡れてる。早く拭わないと」

敦也にいろいろ言われるが、由奈の耳孔の奥に膜が張ったようになり、彼の声が反響してよく聞こえない。

「安積さん……安積さん！　これは困――」

敦也が由奈を必死に呼ぶのを聞きながら、由奈は眠りに誘われていったのだった。

＊＊＊

「困った……」

敦也は泥酔してしまった由奈を見ていたが、静かに腰を落とした。寝入った彼女が起きないかと願いを込めるが、一向にその気配はない。

「参ったな」

酔っ払った相手になら対処できるが、寝落ちされると何もできない。

どうしようか……。

敦也は頭を抱えたくなる。

由奈が安積旅館の令嬢なのは知っているが、彼女の実家の住所は知らない。

ネットで検索すれば簡単に出てくると思うが、姉の結婚が決まってからずっと感情を押し殺してきた件を考えると、両親にも自分の気持ちを話していないだろう。

ネットで検索すれば簡単に出てくると思うが、このまま送るのはどうかという思いが湧いてきた。

姉の結婚が決まってからずっと感情を押し殺してきた件を考えると、きっと自分の気持ちをご両親に話していないに違いない。

だからこそ、ここに一人でいるのだ。

泣く姿を誰にも見られたくなくて……。

だったらこんな状態で家に送るのは、やめた方がいい。

そうなると、ひとまずホテルの部屋へ運び、アルコールが抜けるのを待ってあげるのが一番いい方法ではないだろうか。

そう思ったところで、敦也の眉間に皺が寄る。

「でも、いいのか？　初対面の相手だぞ？」

あまりにも唐突な流れに、敦也の頭の中はぐちゃぐちゃだった。

こんな状況に陥ったのは初めてなので、それも当然だろう。

そもそも由奈に声をかけるところからして初めての連続だが……。

出国ロビーで由奈に惹き付けられたのは、彼女の容姿にではない。

もちろん緩やかに巻いた綺麗な髪を背中に下ろした彼女は、とても可愛らしいとは思う。大きな双眸、小さな鼻、柔らかそうな唇、すらりと伸びる手足、細身の体軀やEカップはありそうな乳房も興味をそそられる。膝丈のプリーツスカートに爽やかなシフォンブラウスを合わせているのも清楚感がたっぷりで、男の保護本能を刺激された。

しかしそういった女性は、敦也の周囲にはいくらでもいる。そのため自分から興味を抱くことはないのに、この時に限って由奈に気を取られた。

あの憂いのある表情が原因だ。

そういう表情を浮かべる由奈を披露宴で見かけたせいで、目が吸い寄せられたのだろう。

披露宴に出席していなければこんな事態にはならなかったのに——と思ってしまったが、すぐに小さく頭を振って立ち上がった。

とにかくこの状態を、このまま放っておけない。

敦也は由奈のバッグを肩に掛けると、彼女の腕を取って立たせた。

「う、う……ん。私……」

「起きた？」

敦也の声が喜びで上擦る。しかし、由奈は目を覚ますどころか、部屋へ連れていってほしいと言わんばかりの素振りで自分にぐったりと凭れかかってきた。

思わず天を仰ぐ。

これが普通にバーで知り合った女性なら、男性に誘いをかけていると錯覚するだろう。でも由奈は、そういう女性ではない。

「……おいで」

由奈の肩をしっかり抱いて歩き出す。彼女の足元はおぼつかないものの、きちんと自分で足を動かしている。

こうして歩いてくれていたら、敦也が意識を失った女性を無理やり連れ去ろうとしている風には見えない。

敦也は由奈に感謝しながらバーの出入り口へ向かう。そしてキャッシャーにホテルのカードキーを示した。

「料金は部屋に付けてくれますか」

そう告げたあとは、広い廊下をゆっくり進む。だが、徐々に由奈の身体から力が抜けていくのを覚えて、さっと彼女を横抱きに抱えた。

すると由奈は、敦也の首に両腕を回して肩に頭を付け、すやすやと寝息を立てて寝始めた。

誰にも会いませんように……。

その願いが叶い、ホテルのエレベーターに乗っても、部屋を取った階で降りても、誰にも会わない。

敦也は由奈を片手で抱きしめて、カードキーでドアを開ける。デラックスダブルの部屋に入ると、広いベッドに由奈を下ろした。

安積さんを寝かすとわかっていたら、ベッドルームにドアが付いたラグジュアリールームを取ったのに——と思いながらスーツの上着を脱ぎ、一人掛けのソファの背に置く。同様にネクタイも緩めて楽にした。

動きやすくなると、ベッドの上掛けを半分捲り、そちらに由奈を移動させた。

「……悪い」

一応一言謝ってから、由奈のスカートに手を掛けて手際良く脱がせる。

敦也の目に入ったすらりと伸びる綺麗な脚、レース仕立てのパンティが瞼の裏に焼き付く。それを気にしないように努めて、由奈の身体に上掛けを掛けた。

さすがに下着までは面倒を見切れない。濡れていたとしても、脱がすのは由奈に失礼だ。

敦也は脱がせたスカートだけをバスルームへ持っていき、染み抜きをする。その後ハンガーに掛けてカーテンレールに吊した。

「疲れた……」

敦也は大きく息を吐いた。

備え付けの冷蔵庫へ移動してペットボトルの水を取り出したあとは、ポットで水を沸かす。それでホットコーヒーを淹れると、ソファに腰掛けた。

今日空港へ来ていたのは、オランダに赴任中の夫のもとへ戻る三十四歳の姉と三歳の甥を見送るためだった。

敦也自身、明日から東南アジアへ出張する。空港の近くのホテルに宿泊予定だったので、姉の荷物持ちを買って出た。

弟をこき使う姉から解放されたら、ホテルでのんびりと過ごそうと思っていたのに、まさかこんな風になるとは……。

敦也は膝を組み、ブラックコーヒーを飲んではベッドで眠る由奈を見つめる。

正直、由奈の失恋話を聞いて、泣けるほど恋に夢中になれるってどういう感じなのだろうと不思議に思った。

これまで付き合った女性に対して、執着愛を感じたことがないので、由奈の心模様は知る由もない。

でも吐き出せない思いを抱え続けていれば、病気になるのは知っている。浮気された姉がまさしくそうだったからだ。

実際は濡れ衣だったわけだが、姉より若い女性と頻繁に会っている状況から、姉は義兄が裏切っていると決めつけた。

本当なら問い詰めたかったと思うが、義兄を愛する姉は妊娠中だったのもあり、彼を追及せずに心に蓋をした。

それがいけなかった。苦しむあまりにストレスがかかり、切迫流産しかかったのだ。

二人がどういう風に仲直りしたのか、詳細は聞いていない。

ただ問題の女性が同僚の恋人だったとわかると、姉の顔に生気が戻り、無事に第一子を出産できた。

あの時の姉の様子を間近で見てきたからこそ、由奈には苦しんでほしくないと思い、吐露しやすい雰囲気を作って導いた。

姉の話を聞いてあげたあの日と同じように……。

「姉とは違って、すぐには自分を立て直せないと思うが、元気になってほしい」

恋なんてどう転ぶのかわからないのだから。

敦也がテーブルにカップを置いて一息吐いた時、由奈が嗚咽を漏らした。

咄嗟に腰を浮かせて由奈の傍らへ進み、ベッドに腰掛ける。

由奈は何も言わない。悲しげにさめざめと泣いている。あふれた涙で、枕が濡れていった。

眠っていても、声を殺して泣く姿に心を打たれていく。しかも心拍が上がり、なんとも言えない感情も湧き上がってきた。

敦也は由奈に引き寄せられるようにベッドに手を置き、上体を前へ倒していく。由奈の額にかかる前髪に触れて、そっと払った。

「大丈夫だよ……。君は乗り越えられた。あと必要なのは時間だけ。もう泣かなくていい」

小声で優しく伝える。すると由奈のむせび泣きが心なしか収まってくる。

もっと楽にさせたかった敦也は、由奈の生え際を撫で、顔にかかる髪の毛を後ろへ流した。

そうやっているうちに落ち着きを取り戻し、由奈は深い眠りへと誘われていく。

由奈の寝姿に安心した敦也は、静かに傍を離れた。

このまま何もかも忘れて眠ってくれればと思っているが、途中で目が覚めて帰ると言い出してくれたらとも思っていた。

その時はすぐに送ってあげられるように、起きておくべきだろう。とはいえ、何もせずにソファに座っていたら確実に眠ってしまう。

手持ち無沙汰と眠気をまぎらわせるために、敦也はクローゼットに入れていたスーツケースを引っ張り出してタブレットを取った。

それを持って、ソファに引き返して座る。

まずは出張先のスケジュールを確認し、現地調査のタイムスケジュールを頭に入れ始めた。

敦也は父親が社長を務めるシティホテルの企画本部長として働いており、時々外国のホテルを視察しに行く。

今回は東南アジアを経由して、帰国する予定だ。

帰国後は企画案件の精査に重点を置く予定だが、普段はこうして海外の視察を主にしている。

そのため、敦也は集中してタブレットに見入っていたが、当然ながら由奈の確認も怠らなかった。

日付が変わっても起きる気配がなく、それは午前三時を回っても同じだった。

これはもう起きないな……。

敦也はタブレットをテーブルに置き、椅子の上で伸びをした。少し休もうと思い瞼を閉じる。

ただ眠るつもりはなかった。物音がすればすぐに起きられるように、腕を組んで軽く下を向く。

その状態で、待つつもりだった。

しかしアルコールが入っていたせいか、それとも慣れないことをしたせいかわからない。

ものの五分もしないうちに、敦也は寝入ってしまったのだった。


それからどれぐらい経ったのか。

「う、う……ん」

不意に聞き慣れない女性のうなり声が聞こえて、敦也は目を覚ます。

一瞬、ベッドで眠る女性を見つけてドキッとした。

彼女は誰？——と思ったところで、昨夜の出来事が走馬灯のように頭の中を駆け巡った。

「そうだった。安積さんを泊めたんだ」

敦也は腕時計に視線を落とし、現在の時刻を確認する。

ちょうど六時三十分だった。

あと一時間ほどで、敦也はホテルを出て空港に行かなければならない。それまでに由奈を起こさなければ……。

「み、水……」

再び声が聞こえて、敦也はさっと腰を上げた。

冷蔵庫から出していたペットボトルとコップを持って由奈の傍へ行き、片膝をついてグラスに水を注いだ。

「水だ。飲ませてあげる」

敦也がコップを持ったまま由奈を起こそうとした瞬間、彼女が急に片手を前に突き出した。

突然のことに避け切れず、由奈の手でグラスを払いのけられる。その拍子にグラスが敦也の胸に飛び込んできた。

「うわっ!」

見事に敦也のシャツがびしょ濡れになる。

絨毯の上を転がるグラスには目もくれず、敦也はすぐさま立ち上がった。そしてちらっと由奈を見る。

なんと由奈はまだ眠っていた。さっき彼女が〝水〟と言ったのは、寝言だったのだ。

「それにすら気付かず慌ててしまうとは」

敦也は大きなため息を吐いてうな垂れるものの、すぐに動き出した。バスルームに入るとシャツを脱いで濡れたシャツを絞り、ひとまずバスローブを羽織る。それから現地のホテルでクリーニングを頼もうと思い、濡れたシャツをコインランドリー袋の中に入れた。

こうなってしまった件について、別に由奈を責める気はない。ただ昨夜から、あまり経験しない出来事が立て続きに起きている。

「いったいどうなってるんだ……」

敦也は腰に手をあてて、力なくうな垂れる。

「きゃあ！」

突如聞こえた由奈の悲鳴で我に返った敦也は、急いでバスルームを出た。

ベッドの上で上体を起こした由奈は、胸元を上掛けで必死に隠している。何が起きたのかというように、目をまん丸にさせて部屋を見回していた。

「目が覚めたんだな」

そう声をかけるや否や、由奈がさっとこちらを見た。敦也だと認識できなかったのか、恐怖の色を目に宿す。

でも直後に大きく息を呑んだため、彼女は敦也が誰なのかわかったようだ。上掛けを引っ張り上げて、顔の下まで隠す。

「あ、敦也さん！　ど、ど、どうして、裸なんですか！」

口ごもりながらも、由奈は必死に言葉を絞り出した。

敦也は由奈の言葉の意味を理解し、自分の姿を見下ろす。

厳密には裸ではない。ズボンは穿いているし、素肌の上にバスローブを羽織っているだけだ。

胸元ははだけているので腹部まで露わになっているが、決して由奈が恥ずかしがる格好ではない。

「えっと……安積さん？　記憶はある？」

特に気遣って優しい声で伝える。

「き、記憶!?　わ、私に……何かをしたんですか！」

上掛けをわずかに下ろして悲痛な声で言ったあと、由奈は足元の上掛けを捲る。素脚が目に飛び込むなり顔を真っ赤にさせ、非難の目を敦也に向けた。

まるで、敦也が由奈をレイプしたかのような顔つきだった。

そこで敦也の中で、何かがプツンと切れた。

これまでの人生、自分から女性に無理強いをしたことは一度もない。しかも由奈を慮って親切にしたのに、こんな態度を取られるとは……。

敦也はおもむろに歩き出し、びくびくする由奈の傍に腰掛けた。

由奈が軽く仰け反るのに並行して、ベッドに手をつき、キスでもするように顔を近づけていく。

男の本気を示せば何もなかったとわかると思ったためだ。

ところがそれは、逆効果だった。由奈の顔が引き攣り、大きな双眸がみるみるうちに潤んでいく。

失敗した！　これまで俺が接してきた女性たちと彼女は、性格が全然違うというのに！——そう思うや否や、敦也はぴたりと動きを止めた。

「酷い、信用していたのに！　わた、私を酔わせてこんな真似をするなんて」

寝起きのためそれほど声量はない。しかし、敦也を見る目に〝裏切られた〟という非難の色が浮かんでいた。

これに関しては自分が悪かったと反省した敦也は、怖がらせないように上体を引いていく。

「悪かったよ。君があまりに——」

眠る女性をレイプする変態男として扱うから——そう言って謝ろうとするも、由奈が何も聞きたくないとばかりに両耳を両手で塞いで、必死に頭を振る。

「安積さん。……安積さん!?」

由奈はパニックに陥っている。だからこそ早めに誤解を解くのがいい。

そう思うものの、由奈の手首に触れて耳から無理やり離せば、逆に襲われたと勘違いして暴れないだろうか。

その場合、さらにパニック症状が悪化するだろう。

ここは少し時間を置いてから弁解した方がいい。

敦也は何も言わずに立ち上がった。

クローゼットから今日着る予定だったスーツを取り出し、急いでシャツと上着を羽織る。タブレットや濡れたシャツが入った袋を掴み、鞄とスーツケースを持った。

そこで肩越しに振り返る。

由奈はまだ耳を塞ぎ、引き寄せた膝に顔を突っ伏している。

敦也はこのまま去るべきだと思ったが、考え直して足を止めた。

「昨夜は酔っ払っていて心配だったが、元気みたいで安心したよ。それだけ元気なら、俺が心配する必要はなかったかな」

そう言うが、由奈は今もまだ耳を手で塞ぎ、全身で敦也を拒絶していた。

無理だったか――と小さく肩を落とした敦也は、自嘲するように頬を引き攣らせる。

そして力なく「スカートはバスルームにあるから」とだけ囁き、由奈を残して部屋をあとにした。

衣服を整えるために化粧室へ直行しようとするが、途中で何かが頭の中で引っ掛かり、由奈がいる部屋に目を向けた。

「俺……、なんで〝時間を置いて弁解しよう〟と思った？」

ひょっとして、出張から戻ってきたら再び由奈に会うつもりでいるのか？　彼女の居住先はわかっているから、改めて弁解できると安心して？

一瞬、自分の感情に戸惑う。しかし、すぐにそれを頭の片隅に追いやった。

とにかく今は、出張のことだけを考えよう。帰国後にどうするか決めればいい。

敦也はさっと前を向くと、化粧室へ向かったのだった。

第二章

梅雨入りを間近に控えて、木々の緑が一層深まってきた六月上旬。

お昼休憩を終えてコンシェルジュデスクに戻る途中、由奈はロビーを見回した。

繁盛期と比べると客数は二十パーセントほど少ないが、それでもロビーは賑わっている。家族連れもいれば、出張中のサラリーマン、外国人がいた。

早くどこかへ行きたいのか、幼稚園児ぐらいの男女が楽しそうにキャッキャと声を上げている。そこに三十代ぐらいの両親が近づくと、子どもたちは母親の手を取って飛び跳ね始めた。

それを微笑ましく眺めてから、由奈はコンシェルジュデスクに座るチーフの立花健司に視線を合わせた。

学生時代に柔道をしていた立花は一八〇センチの高身長で、体重も九十キロ以上と体軀が立派だ。

立花は小さい頃から柔道一筋で、実は学生時代に日本代表にも選出された。選手としては引退したが、三十二歳の現在も定期的に道場に通って肉体を鍛えているという話だった。

そんな立花は、由奈が国領社長のコネクションで入社して以来、とても親身に指導してくれている。

というのも、本来ならホテルスタッフとして業務経験を積んだ人がコンシェルジュデスクに異動になるが、由奈は実務経験がないままコンシェルジュに就いたせいだ。

安積旅館の関係者——由奈が見識を広げるために入社した件は、最初からコンシェルジュのメンバーに通達されている。

それもあって、同僚たちは由奈が旅館に戻った際に役立ちそうな知識を、その都度教えてくれた。

中でも特に親切なのは、立花だ。国領社長から直接頼まれたというのもあるが、温厚な彼は頻繁に由奈を指導してくれた。築き上げた人脈や知識を駆使するには、第一にメモを取ることが大事だと教えてくれたのも彼だ。

素晴らしい上司に恵まれた由奈は、それ以降、どんな些細な出来事であってもメモを取るように心掛けている。

大変だが、この仕事を楽しみながら務めていた。

由奈はコンシェルジュデスクを回ると、ブラウスの胸元で揺れる白色のボータイを押さえ、七十代ぐらいの夫婦を接客中の立花に会釈する。

席に座ったあとは、十三インチタブレットパソコンの電源を入れて統計のチェックを始めた。

そうしながらも、立花たちの話が耳に入ってくる。

どうやら夫婦は、隠れ家的な老舗うなぎ屋を探しているようだ。

「……そうですね。こちらはいかがですか?」

立花が手元のタブレットパソコンを操作し、デュアルディスプレイに店舗のホームページを表示させた。

コンシェルジュが使うタブレットパソコンには、都内のローカル飯から有名なレストラン、家族で楽しめるアウトドアアクティビティ、お土産屋、文化の体験型施設など、企画本部によって精査されたお店がリストアップされている。

専門職のツーリズムチームが情報を集めてきてくれるのだが、いったいどこで見つけてくるのかと感心するほどどれも素晴らしい。

情報が更新されるたびに、由奈もオフの時に友人と行こうと思うほどだ。

その友人から〝お洒落なバーを教えてもらったの。一緒に行かない?〟と誘われた件を思い出して頬が緩むが、それは少しずつ消えていった。

バーという言葉で、数週間前に敦也とホテルで過ごした夜が脳裏に浮かんだためだ。

敦也と飲んだ日のことはよく覚えている。彼は由奈が心に秘めていた辛い想いを聞いてくれただけでなく、一歩踏み出せるようにしてくれた。

本当に敦也には感謝している。彼がいなければ、間違いなく今も悶々として苦しんでいたと思うからだ。

なのに、そんな風に信頼した由奈を裏切るような人だったなんて……。

酔っていたとはいえ、由奈をベッドに誘い、そのまま処女を奪うなんてあまりにも酷すぎる。あんな男性を信じた自分が情けなくて仕方がなかった。

もちろん、由奈が敦也に処女を奪われたと思う証拠はいくつかある。

一つ目は、パンティは穿いていたが、スカートは脱いだ状態でベッドに横たわっていたこと。二つ目は身体を襲う気怠い感覚だ。激しい運動をしたあとのように、身体中の節々に筋肉痛に似た違和感が生じていた。

何故由奈のスカートがバスルームに引っ掛かっていたのかは、少し気になるが、それらの事実を鑑みると、一目瞭然だ。

あの日の出来事は本当に強烈で、数週間経った今でも忘れられずにいる。それぐらい身も心もショックを受けていた。

私、処女だったのに！　――と心の中で叫んだ拍子に、気怠かった時の感覚が甦ってきた。

由奈は瞼をぎゅっと瞑り、忘れたい記憶を振り払うように首を横に振った。

「もう、イヤ……」

「安積さん？」

突然話しかけられて、由奈はハッとして我に返る。

そうだった、今は仕事中だった！

先ほどまでいた夫婦がもうそこにいないのを確認して、立花と目を合わせる。

「申し訳ありません！」

由奈は即座に謝った。

「自覚しているならもう何も言わない。……それにしても、仕事中にボーッとするなんて初めてだよな。どうした？」

「私が至らないせいです。今から集中します」

「おう、そうしてくれ。来月には夏用の新リストが加わるから、忙しくなるし」

由奈にとっては忙しくなる方が嬉しい。仕事で頭の中がいっぱいになれば、余計なことを考えずに済むからだ。

「立花さん。ここ数年はアウトドアアクティビティが人気ですよね？　今年も新しくオープンしたところが多いですけど、リストアップを専門としたツーリズムチームの人たちって家族でチェックしに行かれるんでしょうか。それとも専門チームだけで？」

「チームで探してる。でも休日に家族を連れて確認しにいく社員もいるらしい。そうやって調べても、結局は上の精査で落とされるんだよな。だけど、皆の目で厳選されるからこそ、コンシェルジュは心配せずに堂々とお客の望み教えてあげられる」

「そうだったんですね……」

由奈はうんうんと頷いて同調する。

専門のツーリズムチームの働きがあって、由奈たちはこうして宿泊客の要望に応えられるのだ。

なかなか全てを自分の目でチェックはできないが、宿泊客の間に立つ者として少しずつ足を伸ばしてみよう。

由奈がふっと微笑んだ時、スーツケースを引いてこちらに向かってくるスーツ姿の宿泊客の姿が目の端に入る。

先ほど立花に注意を受けた由奈は、ここは自分がという思いでそちらに顔を向けた。

快く迎える準備をするが、こちらに向かってくる男性を認めるや否や、由奈の頬が引き攣った。

目を見開いて由奈を凝視する彼――敦也の表情が驚きから喜びに代わっていく。それを見て、由奈の身体に戦慄が走った。

どうしてここに？　出張か何かでこのホテルに宿泊を!?

そんなことを考えている間に、どんどん敦也が近づいてくる。笑みが広がる彼と違い、怒りと困惑と羞恥心が相まって由奈の顔が赤らんでいく。

どうしよう、どうしよう！

由奈を騙した敦也とは話したくない。でも仕事は、放棄できない。だったら敦也とは初対面の振りをし、彼があの夜の話をしようものなら強引に違う話題に持っていこう。

この場を乗り切りたいのなら、そうするしかない。

そう強く自分に言い聞かせた由奈は、無理やり口元に力を入れて微笑んだ。そんな由奈を、彼が真っすぐに見つめてくる。

なんとか平静を装うものの、次第に敦也の強い眼差しを受け止められなくなった由奈は、そっと視線を横へ移した。

そこには二十代後半ぐらいの男性が控えるようにして歩いている。

敦也の同僚だろうか。

敦也に負けず劣らず身長が高く、容姿も目を引くほど格好いい。普通なら気後れしそうなほどだが、面持ちがとても柔らかいので話しかけやすそうだ。

何かあれば、背後の男性に声をかけて話を逸らそう。

その前に、まずはここを乗り越えなければ……。

由奈は覚悟を決めると、コンシェルジュデスクに近づく敦也を迎えるように立ち上がった。

「やあ。まさか、君の勤め先がうちの――」

「何かお困りでしょうか」

由奈は一段と頬に力を入れて、作り笑いする。

「精一杯、お手伝いさせていただきます」

「えっ？　いや、ちょっと――」

「なんでもお申し付けくださいませ」

何が起こっているのかと戸惑う敦也に、由奈は礼儀正しく頭を下げる。

しかし、何故か立花が由奈の袖を引いてきた。

「安積さん……」

声をひそめて、由奈の気を引こうとする。

接客中に割って入ってくるのは初めてだったため、気が削がれるが、由奈は目の間の〝お客さま〟を第一に考える。

それを由奈に教えたのは、立花だ。にもかかわらず、その本人が再び由奈の袖をしつこく引っ張った。

「彼は宿泊客じゃない。企画本部長だろ」

「……えっ？」

由奈は腰を伸ばして、目の前で由奈をまじまじと見つめる敦也に視線を合わせる。

企画本部長？　確か、その肩書きを持つのは国領社長の息子では？

企画本部長は大学卒業後にこのホテルに入社し、数年後にアメリカへ留学。ＭＢＡを取得して帰国すると、今春企画本部長に昇進した。お世話になっている国領社長の息子ということで、約一ヶ月前に社内報で見た記憶がある。

そう、確かにこの顔だった！

改めて考えれば、敦也が国領社長の息子だと気付ける要素は確かにあった。

姉の披露宴に出席できなくなった国領社長は、親族に代理を任せた。敦也も安積旅館を贔屓にする父親の代わりに、披露宴に出たと言っていたではないか。

何故それを思い出せなかったのだろう。

「申し訳ございません。安積は企画本部長に初めてお目にかかったので、どなたなのか気付けなかったんです」

「いや、安積さんとは初めてではな――」

「大変失礼いたしました！　初めまして、安積由奈と申します。このような間違いは二度といたしません」

由奈は敦也の言葉を遮って挨拶した。

仮にも敦也は企画本部長。彼が話している最中にいきなり口を挟むなんて、失礼な態度なのは承知している。でも、平社員の由奈が企画本部長を知らない方が失礼だ。

「本当に申し訳ございませんでした」

由奈は深々と頭を下げる。

ああ、お願い。ここで〝いや、大丈夫だよ。仕事の邪魔をして悪かったね〟と言って、去って！　――そう必死に願う。

しかし、敦也は何も言わない。立花も助け船を出してくれない。

いったい何が起きているのだろうか。

空気がピンと張り詰めているのを感じ、由奈の手のひらがじんわりと湿り気を帯びてきた。手を握り締めて待つも、一向に声がかからない。

由奈はとうとう我慢できなくなり、上体を起こした。そこで息を吞む。敦也が面白そうに微笑んでいたためだ。

敦也の後ろにいる男性は静かに佇んでいるだけで、口を挟もうとはしない。立花もどう言えばいいのかわからず、結果黙って立ち尽くしているみたいだ。

「……面白いな。まさかそうくるとは思わなかったよ」

敦也が挑戦的に片眉を上げる。何か興味のあるものを見つけた大型犬の如く、瞳もキラリと光った。

その顔つきは、これまでの敦也とは違う。心から安心できたあのバーでの男性とは程遠く、男の色気が漏れていた。

しかもそれは、全て由奈に向けられている。

由奈の心臓が激しく高鳴り、たまらず目線をデスクに落とす。

な、何？　どうして急にあんな目つきを？　前と全然違う！

敦也から目を逸らしているのに、瞼の裏に焼き付いた彼の顔が離れない。それが長く続けば続くほど、身体の血が沸騰したかのように体温が上がっていく。

由奈は何をどうすればいいのかわからなくなり、パニックに陥りそうになる。

どうにかしてこの状況を打破しなければと思って顔を上げるが、こちらに向かってくる新たな人物の登場に卒倒しそうになる。

「あ、あの――」

こ、国領社長!?

国領社長は後ろに二十代から四十代ぐらいの部下を数人引き連れ、にこにこしながらコンシェルジュデスクにやってきた。

六十代だが白髪が一切なく、とても若々しい。鍛えているのか、体軀も細身で背筋もピンと伸びている。顔に皺はあるが、それさえも彼の魅力を引き立たせていた。

そんな国領社長の相貌を見て、さらに呆然とする。

どうして思い出さなかったのだろう。こんなにも敦也と似ているのに……。

「国領社長」

挨拶する立花に合わせて、由奈も頭を下げる。

「いいよ、いいよ。楽にして。別に仕事の邪魔をするつもりはないんだ。私の息子はしているみたいだが」

にやりと片方の口角を上げ、敦也の背中を手で叩く。

敦也はゴホッと咳をして、国領社長に向き直った。

「午前中に帰国し、その足で出社しました。これからご報告に上がろうと思っていたところです」

「うん。アシスタントの嶋田くんから連絡が入っていたよ」

国領社長の口から嶋田という名が出たあと、敦也の後ろにいた男性が社長に向かって会釈する。

あの男性は敦也のアシスタントだったのだ。だから彼の補佐をするために、傍に控えているのだろう。

「出張の話はもちろん聞きたいが、ちょうど安積さんもいることだし……二人揃っている今、いろいろと話を聞かせてもらおうかな」

えっ？　どうしてこのタイミングで⁉

由奈が大きく目を開けても、国領社長は微笑みを絶やさない。それが余計に嫌な気分にさせられる。

国領社長には可愛がってもらっているが、勤務中に声をかけられることは滅多にない。いくら親しくても、きちんと仕事と私事を分けている。

だからこの成り行きに驚きを隠せなかった。

「いいだろう？　……立花くん、ほんの十分ほど安積さんを借りても大丈夫かな？」

最初は由奈に、そして立花に目線を移す。

立花が断ってくれるのを祈っていたが、社長に対して〝ダメだ〟と言える人はそうそう多くない。

「はい、大丈夫です」

やっぱりそうなるよね——とがっくりと肩を落とす由奈に、立花は〝早く国領社長の方へ行け〟と眼差しで伝えてきた。

「じゃ、行こうか」

「はい……」

お世話になっている国領社長に言われては、反論などできるはずもない。

国領社長はフロントからもコンシェルジュデスクからも一番遠い場所にあるソファへ向かう。

そこには誰もいなかったので、国領社長に座るように促された。

一人掛けのソファに国領社長が腰掛けるのを見て、由奈は三人掛けのソファに移動する。反対のソファに敦也が腰を下ろすかと思いきや、なんと彼は由奈の隣に座った。

敦也を窺うと、彼は目を輝かせて興味津々に由奈を見つめている。由奈は咄嗟に顔を背けた。

由奈は親切にしてくれた敦也を信頼したのに、彼はそれを裏切る形で意識のない由奈を抱いた。

あの時のことは何もかも忘れたくて、初対面の振りをしている。

だからこそ墓穴を掘らないように気を付けなければ……。

由奈は深呼吸をして、正面にある中庭に目を向けた。

コクリョウパレスホテルは二棟建てで、幹線道路に沿って立てられている。二棟の間には広い中庭があり、そこではガーデンウェディングも挙げられた。

まさに現在、太陽が燦々と降り注ぐ中庭では、ウェディングドレスとタキシード姿の新郎新婦が、親族や友人たちと一緒に写真撮影を行っている。

とても幸せそうなカップルを微笑ましく思うが、今は緊張が先に立っているせいで頬は硬直したままだった。

これではいけないと思った由奈は、再び深く息を吸い込み、朗らかに微笑む国領社長に意識を戻した。

「由奈ちゃん、悪いね」

「いえ、とんでもありません」

由奈は小さく頭を振る。しかし緊張のあまり、心臓が激しく鼓動を打っていた。

国領社長は、よく仕事の接待で安積旅館を利用してくれる。その際は名前呼びをするが、ホテルだと名字呼びだ。

今名前で呼ぶということは、個人的な話をするという意味に取れる。

もちろんこれが二人きりならなんでもない。でも国領社長が〝二人揃っている今、いろいろと話を聞かせてもらおうかな〟と言ったのが気にかかる。

どうして敦也と一緒でなければならないのか。もしかして、彼があの日のことを話したのだろうか。

いったいどこまで？——と不安でびくびくしながら、由奈は自然とスカートの上に置いた手に力を込める。

「本当は先月中に訊きたかったんだが、仕事が忙しくて東京にいなくてね。加奈ちゃんのウェディングドレス姿は綺麗だったかい？」

「えっ？」

加奈のウェディングドレス姿？　どうして今頃訊ねるのだろうか。

実は両親から、国領社長からお詫びの連絡があったと聞いていた。

その時に、加奈の様子も聞いているはずなのに……。

不思議に思いつつも、由奈は頷いた。

「は、はい。いつもは元気いっぱいに動き回る姉ですけど、あの日はとても大人しくて……姉とは思えないほど綺麗でした」

国領社長の真意は見当もつかないが、由奈は言葉を選びながらにっこりする。

あの日の姉は本当に誰よりも輝いていたから……。

「私もこの目で見てみたかったな。実の娘のように可愛がっていた加奈ちゃんの晴れ姿を。……敦也」

国領社長が、敦也に視線を向ける。

「新婦は綺麗だったか？」

「はい。……とても幸せそうでした。夫婦で安積旅館を……切り盛りしていくでしょう」

妙に奥歯にものが挟まったような言い方をする敦也が気になって、横目で窺うが、彼の顔に陽射しがあたってよく見えない。

いったいどういう顔をして言ったのだろうか。

「敦也にもそう見えたんだな？　良かった……。加奈ちゃんの披露宴には出席できなかったが、由奈ちゃんがお嫁に行く時は必ず出席するからね。約束する」

「えっ？　わ、私の？　いいえ……。いつになるかわからないですので」

由奈は取り乱す一方でそういう予定はないと伝える。すると国領社長は軽く小首を傾げ、顎に指を添えた。

「うん？　今、お付き合いされている人はいないのかい？」

「もちろんです！　……国領社長から〝実家のためにも、うちで見識を広めてみないか？〟と入社のお誘いをいただいた時、こちらにいる間は一生懸命勉強しようという気持ちで来ましたので」

個人的な話題を持ち出されてどぎまぎしてしまうが、今告げた言葉に嘘偽りはない。

安積旅館の繁栄を願う由奈は、躊躇わず差し出されたコネクションを掴んだ。

「立花くんからも聞いている。由奈ちゃんは仕事熱心だと。……だが、息抜きは必要だよ。若いんだから、出会いも大事にしないと」

そう言われて、由奈は隣に座る敦也を意識してしまう。ここ最近の出会いといえば、敦也以外にないせいだ。

「そう、ですね……」

とりあえず相槌を打ち、この場を流そうとする。しかし、そこで終わらなかった。

「由奈ちゃんにいい人を紹介しよう。もちろん安積旅館の後ろ盾になってくれそうな男性だ」

あまりにも突拍子な話に、由奈は目をぱちくりさせる。

紹介？　えっ⁉

「あ、あの！」

「いい考えですね！」

断ろうとした矢先、黙って由奈たちのやり取りを聞いていた敦也が急に割って入ってきた。

驚いた由奈はさっと横を向き、ここに座って以来初めて敦也の顔をまじまじと見る。

彼は前のめりの姿勢で、国領社長に満面の笑みを向けていた。

「おっ、敦也もそう思うか？　久しぶりに気が合うな。彼女には彼がいいと思うんだ。敦也も会っただろ？　ほら、あの老舗の――」

「お父さん」

「うん？　なんだい？」

「ここにいる俺を、どうして最初に紹介しないんです？」

「お前を？」

国領社長が目を見開いた。でもそれは彼だけではない、由奈も息が止まりそうなほど驚いていた。

敦也はいったい何を言おうとしているのか。

由奈は不安に駆られながら、この状況を見守った。

「そう。まずは目の前にいて、この話題に参加している俺に訊ねるのが筋では？」

一瞬口をぽかんと開けた国領社長だったが、直後に額をポンと叩いた。

「私としたことが！　そうだな、敦也が断るとしても、まず声をかけるべきだった。悪かったな」

「いや、体面の話じゃなく、他の男性を紹介する前に、俺をすすめてほしいと言ってるんだけど」

敦也をすすめる？　どうしてそんな風に言うのか。そもそも二人は、あの日を境に接点を断つという前提だったのでは？

「あの――」

由奈は身分不相応だと言おうとする。しかし、国領社長が鋭い目つきで敦也を睨んでいたため、慌てて口を閉じた。

「敦也、いい加減にしないか。お前を信頼してはいるが、大事な友人の娘さんを任せられるはずがない。息子がしてきた恋愛を私が知らないと思うなよ」

「もちろん、自分の過去を全て否定はしない」

これまで一度も聞いたことがない国領社長の低い声に、由奈の背筋に怖気立ち、膝に置いた手が震えた。

そんな由奈と違って、敦也は先ほどからまったく態度を変えない。声の調子も明るかった。

何やら親子の会話になってきた気がする。ここに由奈はいなくていいのでは？

うん、その方が断然いい——と納得した由奈は、国領社長に断ろうと腰を浮かしかける。

だがそれを遮るように、いきなり敦也に手を握り締められた。由奈の上体がびくんと軽く跳ね上がる。

「でも、お父さんは俺たち二人の関係を知らない。ねっ、由奈」

か、関係!?　それって、もしかしてあの朝の……？

敦也と一夜を共にした日の出来事が由奈の脳裏に浮かぶや否や、さっと手を引いて逃げた。

「な、な、何をおっしゃっているんですか!?　私は、企画本部長とはついさっき……その、初めてお会いしたのに」

苦しい言い訳のせいで、由奈の声がしどろもどろになる。

敦也が国領社長の前でどこまで話そうとしているのか見当もつかない。けれども由奈は、嘘を吐きとおすしかなかった。

敦也と再会した時、既に彼を覚えていない振りをしたから……。

「社長の前だからって別に秘密にしなくていいよ。……お父さん、彼女とは姉を空港に見送りに行った……あの日に偶然バーで出会ったんだ。彼女も新婚旅行へ向かうお姉さん夫婦を見送りに来てて」

あの日の流れを順番に話すことで、由奈が忘れたと主張する考えを、改めさせようとでもするかのようだ。

お願いだから、それ以上はもうやめて！——と心の中で叫びながら、不安も露わに視線を彷徨わせる。

由奈の喉元はぴくぴくと痙攣し、口腔も渇き、上顎に舌が引っ付きそうだ。おまけに過呼吸になったみたいに、息が上がってくる。

我が身を襲う症状から逃れたくて、由奈は両手を握り締めたあと、瞼をぎゅっと閉じた。

「ほう、由奈ちゃんとの間に、そうした出来事があったのか」

「実は、それで終わったわけじゃないんだ。その勢いで彼女とそのまま——」

「敦也さん、もういいです！」

これ以上は聞くに堪えず、由奈は悲痛な声で叫んだ。

そこで自分の行動に気付き、さっと国領社長を見る。彼はおかしげに片眉を上げた。

それを見て、国領社長にバレたとわかった。

敦也の言葉が正しいのだということを……。

「あっ……」

由奈の顔から血の気が引いていく。

「そうか、そうか。年寄りの余計なお世話だったわけだな。あまりお得物件とは言えないが、由奈ちゃんが息子を気に入っているなら、二人の交際には口を挟まない。まずは当事者同士の気持ちが大事だからな」

交際なんてしていない。当事者云々の前に、二人は何も始まってなんかいない！

「ち、ちが――」

「良かった。こんな状況で他の男性を紹介されたら、たまったものじゃない」

由奈は二人の会話に割って入ろうとするが、敦也の言葉で国領社長が席を立つ。敦也も腰を上げるが、それ以上話さない。

これで話は終わりだという合図だ。

由奈は気落ちしながらも、間を開けずに立ち上がった。

「私は戻る。敦也、あとでいいから報告しに来なさい。彼女との関係ではなく、出張の報告だ」

「後ほど伺います」

「そうしてくれ。じゃ、由奈ちゃん。次は一緒にご飯を食べよう」

「はい」

国領社長は笑顔で意気揚々と歩き出す。由奈は頭を下げて、国領社長を送り出した。

ひとまず国領社長から男性を紹介してもらう話はなくなったが、このあとは別の苦難が待ち受けている。

不安に苛まれていた由奈は、国領社長の姿がロビーから消えてもずっと正面を見続けていた。

「由奈……」

耳孔をくすぐる深い声音に、由奈の背筋に電気のような疼きが走る。敦也の声を耳元で感じただけでなく、初めて彼に名前を呼ばれて心が騒いだためだ。

何故そうなってしまうの？　——と自分に問いかけても答えはない。由奈は自分の感情を整理できなかった。

「俺を覚えていてくれたんだな」

敦也の言葉で、一瞬息が止まる。ドキドキ弾む心音に煽られて、由奈はこの場から逃げ出したい衝動に駆られた。でも必死にそれを抑える。

同じホテルで働いている以上、敦也が由奈のところに来ようとすればいつでも行ける。お互いの立場を鑑みれば、由奈は絶対に彼に逆らえない。

それならばいっそここで覚悟を決めた方がいい。

由奈は時間をかけて振り返り、こちらを見下ろす敦也と目を合わせた。

＊＊＊

まさか由奈とコクリョウパレスホテルで再会するとは思いもしなかった。さらに彼女が、コンシェルジュとして働いているとは驚きしかない。

しかも由奈は、父から名字ではなく名前で呼ばれるほど親しいとは……。

誰が想像できただろうか。

とはいえ、改めて考えればわかることだ。

父が出席する予定だった披露宴に、わざわざ息子を出席させたのは、それぐらい安積家と親密な関係を築いているという意味なのに、まったく気付かなかった。

「社長公認の仲になったな」

そう言うと、由奈の緊張が増して頬が引き攣る。同時に、チークを入れたようにほんのりピンク色に染まっていった。

そんな由奈の様子に目が吸い寄せられ、敦也の心拍が急激に上がる。

この感情には覚えがある。ベッドで眠る由奈を見ていた時、不意に我が身に湧き上がったものだ。

あの日はどうしてそうなるのかわからなかった。でも今ならわかる。

出張先でも由奈の姿が頻繁に脳裏に浮かんでいたが、もうあの時から知らず知らずに彼女に惹かれていたのだということを……。

そんな風に気になった相手と偶然再会して、敦也は歓喜に包み込まれた。

ところが由奈は、喜ぶどころか拒絶した。しかも初対面を装った。

それがどれだけショックだったか、由奈はわかっているのだろうか。いや、敦也のことなど気にも留めていない彼女が気付くはずもない。

だったら、こっちから由奈の領域に足を踏み入れてやろう——と思った矢先に偶然父が現れ、よりによって由奈に男性を紹介するという話を持ち出した。

それを聞いた敦也は、これを利用する手はないと考え、自分を推薦した。しかし、父に敦也がこれまで付き合ってきた女性遍歴を匂わされて、由奈を任せられないと言われてしまった。

この年齢なのだから、いろいろなことがない方がおかしい。

敦也は過去の恋愛を堂々と認めた上で、父に由奈との関係をほのめかした。

二人はバーで出会い、一緒に飲むほど仲がいいと……。

結果、由奈は敦也の名前を叫んだことで覚えていると自白してくれたが、今もなおどうやって自分から逃げようかと考えている。

由奈が意地でも距離を取ろうとして一歩下がるなら、自分は二歩前に進む。

敦也は表情を緩めて、緊張する彼女の顔を覗き込んだ。そうされて、彼女がびくっと肩を揺らした。

「まさかこのホテルで会うとは思わなかったよ」

その言葉から逃げるように、由奈が顎を引いて顔を隠した。

しかしそうすることで、間近で見る彼女の睫毛の長さに目が釘付けになる。

あの夜は、この睫毛が濡れて綺麗だったんだよな——と思いながら見惚れていると、由奈がゆっくりと面を上げた。

「それは、私も同じです。もう二度と会わないはずだったのに」

「俺は違う。君と別れたあの日の朝、もう一度由奈に会いに行くつもりだった」

そう、知らず知らずに決めていたのだ。だからあの日の朝、自然と〝時間を置いて弁解しよう〟と思ったのだろう。

出張中、その件を何度も思い返しては由奈の面影を求めていた敦也は、帰国してから彼女に会いに行こうと決めていた。

そうして時間を作ろうとしていた矢先に、コクリョウパレスホテルで再会できるとは……。

この再会劇に敦也の口元がほころんでいく。ところが、そんな敦也とは違い、由奈はさっと足を引いて身を仰け反った。

「ど、どうしてですか？」

「どうして？　うーん、純粋にそう思っただけなんだけど。ところで、うちに就職した経緯は社長……父だな？」

「……はい」

敦也の言葉の裏に何かあるのではと思ったのか、一瞬で身構える由奈。

壁を作られて、敦也は落ち込みそうになる。しかし、せっかくの機会を不意にはしたくない。

　由奈が距離を取ろうとするのなら、こちらが一歩詰め寄るだけだ。

「父が目をかけているのなら、俺もそうしないと」

「いえ、大丈夫です。敦也さんには……別にお世話になっていませんから」

「お世話になっていない？　おかしいな。俺たちは遠慮し合う仲だった？　違うだろう？　……一夜を共にした仲なのに、遠慮するとは」

　敦也は目を細めたのち片眉を上げ、由奈に〝だろう？〟と問いかける。

　途端、由奈の頬が上気していった。それがとても可愛くて、思わず彼女のそこを手のひらで覆って顔を近づけたくなる。

　もふもふとしたトイプードルやマルチーズなどの犬を可愛がるのと同じで、由奈を滅茶苦茶に甘やかしたい。

　由奈は、とても苦しんだから……。

「あの、もし……もうお話がなければ戻ってもいいでしょうか」

「そんなに俺の傍にいると落ち着かない？」

　おずおずと上目遣いで話す由奈に、敦也は小首を傾げて苦笑いした。

「それは、その……」

由奈は申し訳なさそうに顔を歪めて、口元を手の甲で隠す。

こういう顔つきをされるのは、敦也にとってあまりいいことではない。とはいえ、心底ホッともしていた。

敦也と会えば、必ず義兄への想いを吐露した出来事が思い浮かぶはず。しかし敦也を見ても、一度もあの辛苦に満ちた感情を思い出していない様子だった。

どちらかといえば、一緒に過ごした一夜の件が頭を占めているみたいだ。

本当なら、由奈の痛い部分には触れずにそっとしておくべきなのは理解している。だが、現在の彼女の心境が知りたい衝動に駆られて、居ても立っても居られなくなってきた。

敦也は欲求に負けると、彼女の方へ半歩踏み出した。

「ひょっとして、俺と過ごした一夜で頭がいっぱいになるぐらい、彼を忘れた？」

「えっ？　……彼？　誰ですか？」

眉根を寄せる由奈に、敦也は彼女の方に片手を伸ばした。すると彼女が目をまん丸にさせる。

敦也は微笑みながら、由奈の柔らかな頬に軽く指を走らせた。

「……っ」

由奈がかすかに唇を開いて、息を呑む。

こういう風に甘い声を出して、目の前の男性を誘惑する女性はたくさんいる。しかし由奈は、敦也に秋波を送っているわけではない。

誘っているのは、敦也の方だ。

「そう、彼……。由奈の義兄さん」

敦也がはっきりと口にする。

その言葉が由奈の脳に浸透していくにつれて、彼女はショックを受けたかのように顔を青ざめさせた。

一瞬倒れるのかと思った敦也は、素早く由奈の腰に手を回す。

「わ、私……どうして龍くんのことを忘れ——」

とそこまで言って、由奈が面を上げていく。

敦也を仰ぎ見るや否や、由奈の頬がほんのりと染まっていった。彼女の身震いさえも、腕を通して伝わってくる。

「あの、私……仕事があるのでこれで失礼します」

「うん、わかった」

敦也はこれ以上由奈を足止めするのは良くないと思い、彼女から手を離す。

由奈は会釈したのち、コンシェルジュデスクへと歩いていった。

そんな由奈の後ろ姿を見送っていたが、徐々に敦也の頬が熱くなる。たまらず片手で口元を覆い、目を伏せた。

「ヤバイな……」

あまりにも可愛いすぎる。

擦れてない心の持ち主だからこそ、一つ一つの仕草が純真で愛らしくて、敦也の目を釘付けにした。

「うーん」

敦也は天を仰ぎ、これからどうしたものかと考えた。

そもそも敦也は自分から女性に興味を持った試しがない。いつも向こうから近寄ってくるのが常だったからだ。

そのため、今回はかなり戸惑っている。

「どうしようか」

そう呟いた時、数メートル先で待機していた二十八歳の嶋田が近寄ってきた。

嶋田は敦也のアシスタントになってから、もう三年になる。主に敦也の手の届かない部分を補佐するのが彼の仕事だが、最近では別の精査を頼むこともあった。

そのせいで仕事が増えてしまったが、それでも嶋田はアシスタントとして頑張ってくれていた。

「そろそろ会議が始まります」

「会議？　……ああ、そうだった。ツーリズムチームがリストアップしたあれね」

それを精査したのちにコンシェルジュデスクへ回され、彼らが頭に入れるのだ。

「コンシェルジュ、か……。前々から現場の声を聞きたかったからいい機会かもしれないな」

敦也は独り言を言って、コンシェルジュデスクへ顔を向ける。

既に由奈は座り、タブレットパソコンを操作しては隣の立花に話しかけていた。

自分に対しては腫れ物に触るような態度なのに、立花には警戒心を抱かずに仲良くしている。

その様子に、敦也の胸の奥が妙にちりちりと焦げてきた。

なんだろう、この気持ちは……。

「本部長？　何か？」

「いや、大丈夫だ。俺は会議室へ直行するから、スーツケースを頼めるか？」

「承知いたしました」

敦也は嶋田に頷き、彼と一緒に社員専用通路がある方へ向かう。

最後にちらっと振り返って由奈を見るが、立ち止まらない。そのままセキュリティドアを通り抜け、奥にあるエレベーターに乗ったのだった。

第三章

梅雨の晴れ間に望める青空が眩しく、夏の訪れを日々感じるようになってきた。しとしとと降る長雨から解放されるのだから、気持ちも晴れやかになってもおかしくないのに、由奈の気分は落ち込んでいる。

これも全て、今日を楽しみにしていたと言わんばかりにリラックスしている敦也のせいだ。

車の後部座席に座る由奈は、ちらっと隣にいる敦也に目を向けて小さく息を吐く。

何故敦也と一緒に車に乗っているのか、それはほんの数日前の出来事に遡る。

＊＊＊

「お疲れさま。上がっていいわよ」

早番だった由奈のところに来てそう言ったのは、立花と同期の野中真澄(のなかますみ)だった。

野中は大学生時代にスカウトされ、ファッション雑誌に載っていたぐらいの美女だが、そちらの道には進まず夢だったホテル業に就職したという話だった。

「では、よろしくお願いします」

そう言って野中と交代したあとは、その足でデスクに戻り、退勤準備を始める。でも途中でチーフ席に座る立花に呼ばれた。

そこで爆弾を落とされた。

「それってどういうことですか？　ツーリズムチームがリストアップしてきたものは、会議で精査されたはずですよね？　それをコンシェルジュが……私が再チェックをするんですか？」

由奈は呆然と立花を見つめながら、彼をまじまじと見つめた。

そんな重大な権限を任せられるなんて信じられない。どうしてコンシェルジュたちの中で一番下っ端の由奈に白羽の矢が立つのだろうか。

由奈の気持ちがわかるのか、立花は深く頷いた。

「僕も訊ねてみたんだ。もし選ばれるとしたら野中が適任だと思ったから」

立花の言うとおり、野中はフロントスタッフから抜擢された優秀な人物で、彼の右腕と言っていい。毎月アップデートされるデータリストの飲み込みが一番早く、流行やファッションなどの情報にも精通している。

コンシェルジュたちは、そんな野中に頼り切っている。

だからこそ選ばれるに相応しい人物は由奈ではない。野中だ。なのに彼女を差し置いて由奈に仕事を任せるなんて……。

「そうしたら、君が安積旅館の娘だからと言われた。幼い頃から大人にまじっていろいろと見てきたからこそ、野中とは違う観点からチェックできると。野中も候補に挙がったが、彼女だとツーリズムチームと見方が同じになるかもしれないという声が出て却下されたらしい」

「そうだったんですね……」

結局のところ、既に上層部で決定した件を一介の社員が覆せるわけもない。

由奈にできるのは先輩たちの名を汚さないよう、コンシェルジュとして与えられた責務を果たすだけだ。

「それで、何をするんでしょうか。現場に赴く……外回りという意味ですか？」

「そうだ。しっかり観光客にまじって、いいデータを取ってきてほしい。コンシェルジュたちのためにも」

由奈はまだ〝こんな自分でいいのか？〟と自問自答を繰り返しているが、最終的には承諾の意で深く頷いた。

大変な仕事なのは認識している。でも裏を返せば、事前に自分の目でチェックしたものを宿泊客にすすめられるのはいいことだ。

それに、同僚たちの役にも立てる。

「外回りのスケジュールに関しては、直接僕に入る。届いたら安積さんに回すから」

「わかりました。ところで、スケジュールというからには、私一人ではないんですよね？ どなたと一緒に行くのでしょうか」

「企画本部長だ」

企画本部長？ ……えっ？ 待って、それってまさか！

由奈は目を見開いて、立花を見つめた。

「これまでも企画本部が精査していただろう？ だが新しく企画本部長に就いた国領さんがコンシェルジュを連れて確認した方いいという方針を示したんだ。それで会議を開いた結果、コンシェルジュを連れていく件が決定したって」

「そうだったんですね……」

由奈の口から〝相手が敦也さんなら私は断っても――〟と出そうになる。でもしっかり唇を引き結び、それを胸の奥に押し込めた。

私事と仕事をごちゃまぜにしてはいけない。

そう思うのに、やはり優しい顔をして意識のない自分をベッドに引き入れた事実が、由奈の心の中でネックになっていた。

これから顔を合わせる機会が増えるのに、いったいどうすればいいのだろうか。

とどのつまり、敦也が由奈とベッドインをした件を口にしそうになったら、すぐに話題を変えるほかないだろう。

もし敦也から、由奈にした愛撫を細々と聞かされたら、絶対に頭から離れなくなる。だからこそ極力あの件には触れられないように立ち回り、仕事に精を出すのだ。

そうすれば、必ず乗り越えられる。

強くそう思うのに、この新しい仕事の概要をチェックする由奈の顔からは、どんどん血の気が引いていったのだった。

＊＊＊

こうしてコンシェルジュとしての新しい仕事が始まり、今に至っていた。

今日という日を迎えるまで、由奈は毎日気が気でなかった。敦也から事前に業務連絡が入ると思っていたためだ。

今日は立花さんのところに知らせが入る？——とどぎまぎしながら待つが連絡はなく、彼からの接触も一切なかった。

そのせいか、由奈の心はずっと敦也に囚われていた。コンシェルジュデスクに座って仕事をしている時も、実家で旅館の手伝いをしている時もだ。

結局敦也から立花に連絡が入ったのは、数週間後。敦也と久しぶりに会話を交わしたのはホテルのエントランスだった。

敦也のアシスタントの嶋田が一緒だと知ってホッとするものの、車に乗り込んでも隣に座る敦也が気になって、ずっと緊張が解けない。

由奈は改めて、こっそり隣を窺った。

敦也は皺一つない紺色のシングルスーツを着て、同色だがほんの少し明るめのピンドット柄のネクタイを締めている。袖口から覗く大きな腕時計は男っぽく、見ているだけでドキドキしてくる。

そんな風に感じることさえ嫌なのに、あの日にも香った敦也のムスクの香りに心が揺らいできた。

どうして敦也は、由奈を乱れさせるのが上手いのだろうか。

由奈が気怠く息を吐いた時、敦也が前シートのポケットに入ったＡ４用紙を取り出して由奈に渡した。

「どこに行くか言っていなかっただろう？　実は計画を直前で変更しなければならなくなって。今日は、ツーリズムチームの企画案に沿って進めるつもりだ」

敦也が由奈の手にあるＡ４用紙を指す。そこには、和菓子や米菓子について書かれていた。

そういえば最近、東京の和菓子を手土産にと求める利用客が多い。特に、メディアや雑誌に取り上げられている写真映えするものだ。

当然ながら、コンシェルジュデスクにもそのリストが並んでいる。

「確かに、新しいものに挑戦し、進化していくのは素晴らしいとは思う。ただ、昔から愛されてきた伝統の商品にも注目すべきだと進言があった。それで急遽スケジュールが変更になったんだ」

「伝統の商品……それが、文豪や著名人が愛した名店の名物なんですね」

「うちのホテルは、年配者も多いだろう？　せっかくだから一度チェックしてみることになった」

その話に、由奈は自然と微笑んでしまった。

由奈の実家の旅館には、文化財として美術館に所蔵されてもおかしくない狩野派の屏風や、有名歌人が書した国宝級の遺作が飾られている。

もしかして、旅館に馴染みのある文豪が愛した和菓子などを食べられるかもと思った瞬間、わくわくしてきた。

「いいところに目を付けたと思います！　私も興味があるし……。コンシェルジュデスクに来られる方も、そういう情報を知れば喜んでくれるかと」

「そう言ってもらえて嬉しい」

にっこりする由奈に、敦也が女性の心を射貫くような笑みを浮かべた。

それを目の当たりにした由奈はすぐに気を引き締めて、手元に視線を落とした。

「コンシェルジュにとって知識は大事なので、頑張ります」

そう言って、これから向かう店舗名と住所、何が名物なのかが書かれているリストに目を通す。でも、全然頭に入ってこない。

今のやり取りに、頭を抱えたくなるほど困惑してしまったせいだ。

そもそも敦也とは、親しく微笑み合う仲ではない。彼に騙されたことを思えば、距離を取るべきだ。

それがわかっていて、あんな風に接してしまうなんて……。

車に乗っている間も、目的地の三軒茶屋(さんげんぢゃや)の近くで降りて裏通りを歩いている間も、由奈は黙り込む。

そんな由奈の振る舞いに気分を害するかと思いきや、敦也はにこにこしていた。

嶋田はというと、由奈たちから五歩ほど下がってついてくる。

敦也と由奈の間に何かあると勘付いているのか、こちらに近づこうとしない。

もしや、由奈が敦也と再会した日にした会話を耳にしたのだろうか。

嶋田は国領社長が去ったあとも、敦也から一メートルほど離れた場所に立っていた。

ちょうど盗み聞きができる位置だ。

やっぱり聞かれてたよね——そう思った由奈は、目を閉じて俯く。でもそれだけがショックだったわけではない。

こうして敦也と再会して、気付いたことがあったためだ。

敦也とホテルで別れて以降、彼を思い出さない日はなかった。でも逆に、あれほど好きだった龍之介を想う日はなくなっていた。

あれほど泣き暮らしていたのに、いつの間にか龍之介がいた場所を敦也という男性が取って代わっていたのだ。

どうして？　何故？

その答えが出ないまま、加奈と龍之介が新婚旅行から帰ってきた。

姉夫婦を出迎えるにあたって答えが出ると思ったが、わかったのは幸せそうな二人を見ても、今までのように胸を締め付ける苦しみが一切芽生えなかったということ。

そして、浄化されたような清々しさが沸き起こったということだけだ。

だからこそ、敦也とは会いたくなかった。いつの間にか龍之介がいた場所を奪った彼とは……。

「――ないか、由奈？」

急に名前を呼ばれた由奈はハッとし、反射的に顎を上げた。

「えっ？」

「俺の話を聞いていなかったな」

「すみません！」

その時、敦也が不意に立ち止まる。

「大丈夫か？　顔色が悪いが」

由奈を心配そうに見つめて、頬に触れた。

「……っん」

あまりにも自然に触れられて、喉の奥で甘い声が詰まった。それに驚くが、由奈は拒むどころか敦也を見つめ返してしまう。

こんな風に敦也の眼差しを真正面から受け止めるのは、ホテルのバーで一緒に飲んだ時以来かもしれない。

「車に酔った？」

「いいえ。今まで一度も車に酔ったことはありません」

「本当に？」

由奈は首を縦に振る。すると、敦也が由奈をからかうように片眉を上げた。

「あの日、由奈はアルコールに弱いと言わずに、次々にカクテルを飲んだ。そういう出来事があったのに、今の話を信じていいのかな？」

二人の間で、既に〝あの日〟とは一緒にバーで飲み、一夜を共にした日の代名詞になっている。なので、その話題を出されるだけで、記憶にないはずの敦也の逞しい裸が脳裏に浮かんでしまう。

羞恥心が広がるにつれて、彼への意識が止められなくなった。

ダメよ。あの日のことを持ち出されたら、話題を変えると決めたでしょう！

由奈は狼狽えながら一歩下がり、拒むように顎を引く。すると敦也が、由奈に触れていた手をおもむろに下げていった。

高価そうな大きな腕時計を塡めた、ごつごつした男っぽい手。でも意外にも指は細くて、とても綺麗だ。

龍之介のグローブのような手と全然違うのに、敦也の手に目が吸い寄せられる。

あの手が由奈の肌を撫でたのだ。

そう思った瞬間、敦也に触れられた部分が急激に火照り始めた。そこを手で冷やしたい衝動に駆られるが、そんな真似をすれば意識しているとバレてしまう。

それを隠すために由奈は手を握り締めて、スカートの襞で隠した。

「ところで、先ほどは私に何をおっしゃったんですか?」

事前に決めていたとおり、話題を変えた。

もし私的な話を続ければ、絶対にベッドを共にしたことにまで発展する。もう考えたくもない。

まったく愛された記憶がないのに、どんな風に反応して身を捧げたかなんて……。

「もう一度聞かせていただいても?」

催促すると、敦也が苦笑して由奈の背を軽く押した。

内心びくっとなるが、それは敦也が先へと誘導しただけだ。

由奈は自分を叱咤し、敦也の歩幅に合わせて歩き出す。

「俺は〝店内の雰囲気を確かめながら試食するつもりでいるが、由奈はその場で食べたい？　それとも車の中で食べたい？〃って訊いたんだ」

「その場で食べたいです」

由奈は間髪を容れずに返事をする。

「じゃ、そうしよう。目的地はあそこだ」

そう言って、敦也が歩道の先にある洒落たショップを指す。

とても小さなお店で目立たないが、ひっきりなしに店内にお客が消えては、紙袋を下げて出ていくのが見えた。

「どういうお店なんですか？」

交差点の赤信号で足を止めると、由奈は訊ねた。

「おかしいな……。車内で必死にリストをチェックしていたと思うけど？」

「あっ……」

一瞬目を見開くが、由奈は苦笑いして誤魔化す。すると敦也がぷっと噴き出した。

「由奈って、本当に俺の周りにいた女性と全然違う」

「どう違うって言うんですか？」

「言っていいのか？　……急いで話題を変えたのに？」

敦也が軽く上体を屈めて、由奈の考えはお見通しだとばかりに囁いた。しかもその理由もわかると言いたげだ。

片眉を上げて問いかけてくる敦也を見て、由奈は直感的に敵わないと悟った。

今更だが……。

しかし、逃げているとバレているのなら、もう気にしなくていいのかもしれない。

急に話題を変えても乗ってくれるぐらい優しいのだから。

由奈は口元を緩めるも何も言わずに、店舗を指した。

「あそこのお店について教えてください」

「ああ、教えてあげる」

由奈がまた話題を変えたが、やはり敦也は気を悪くするどころか楽しそうに声を弾ませた。

こんなに人情に厚い人なのに、何故眠っている由奈に手を出したのだろうか。

ひょっとして、あれは私の勘違いだったとか？　――という思いが頭を過ったが、
由奈はすぐに心の中で打ち消す。

手を出していなければ、スカートを脱いでベッドに入っているはずはない。

あの朝を思い出して、たまらず唇を引き結ぶ。

その時、ちょうど信号が青に変わった。

「あのお店の名物は、餅生地の中に餡を詰めた和菓子だ。資料によると、京菓子に比べると歴史は浅いが、著名人も足繁くこっそり通うほど美味しいらしい。遠方からも続々とお客さんが訪れると書いてあった」

敦也は商品の説明をする。

持ち上げるとふにゃっと潰れそうなほど柔らかい餅には砕いたアーモンドが入っており、口に入れた時の風味が絶妙に香ばしくて美味しいという話だった。

聞いているだけで口腔に生唾が広がっていく。

「隠れた名店という感じなんでしょうね」

「メディアで紹介されるような派手さはない。だが、自然と昭和初期の著名人から次の世代の著名人へと噂が広がった。その人気は見逃せない。さすがはうちのツーリズムチームだ。いったいどこから情報を得たのか。……さあ、どうぞ」

自動ドアが開くと、敦也が脇に避けて由奈を先に通す。

「すみません」

デート相手をエスコートするみたいな仕草に、由奈はどぎまぎしてしまう。でもそれを顔に出さないように気を付けて、白い壁紙が一面に貼られた店内を見回した。

ここ数年の間に移転、もしくはリノベーションをしたのだろう。昭和を感じさせる内装ではない。

どちらかといえば、洒落たアイスクリーム屋といった感じだろうか。

柔らかい間接照明が、コの字に置かれガラスのショーケースを優しく照らしている。とても落ち着いた雰囲気を醸し出していた。

ただ、もの凄く簡素だった。壁を飾る絵画もなければ、どういう商品を売っているのか品書きさえない。

これが商売人かと不思議に思ったが、ショーケースに並べられた餅団子を確認して納得する。

朱色が縁に塗られた漆の黒いトレーに、ピンポン玉ぐらいの大きさをした餅団子が並べられていた。

他にはない。一種類しかなかった。

昔から味一本で勝負しているのがとても強く伝わってくる。

「いらっしゃいませ」

奥から出てきたのは、五十代ぐらいの女性だ。

「奥でいただけますか？」

敦也が右奥の中庭を指す。

そちらを向くと、いろいろな年代の女性が縁台に座って談笑している。そこでお茶と一緒に和菓子を食べられるようになっているみたいだ。

席に座っているのはほんの数組だが、時間帯によってイートインの客数も変わってくるだろう。

「それではお持ちいたします。お好きな場所にどうぞ」

「ありがとう。由奈……行くぞ」

敦也に促されて、太陽が注ぎ込む明るい部屋へ入る。

そこには、縁台がいくつも並べられていた。ちょうど奥まったところが空いていたので、そちらに移動する。

一脚の縁台に敦也と由奈が、向かい合わせになるもう一脚の縁台に嶋田が座った。

「商品は一種類なんですね。びっくりしました」

「だから、メディアに取り上げられていないんだろう。ただ現在は、再び著名人の間で広がっているという話だったから、いずれ専門雑誌に載るかもな。その前にうちのホテルで紹介できたらいいが、まずは味見をするのが先だ。あと店内の様子も見ておこう」

由奈が頷いた時、先ほどの女性が三人分のお抹茶と餅団子を持ってきて縁台に置いた。

「こちらは三温糖の蜜になります。お好みでおかけください」

「ありがとうございます」

「ごゆっくりしてくださいね」

由奈がお礼を言うと、女性は丁寧に頭を下げて去っていった。

改めて縁台に置かれた名物を見る。筍の皮に餅団子が二つ置かれ、そこに粉雪に似た白い粉がかかっている。

「さあ、食べてみよう」

敦也の一声で、皆漆塗りの皿を手にし、竹鉄砲串を取った。餅団子を半分に切るように竹鉄砲串を入れていく。

直後、吸い付くような柔らかな感触に衝撃を受けた。まるでわらび餅みたいだ。見た目とは全然違うことに、由奈は驚きを隠せない。

「うーん、美味い！」

「本部長がおっしゃるとおり、これは美味しい」

由奈はさっと顔を上げる。どうやら二人とも餅団子を一口で頬張ったようで、手元のお皿にはもう一つしか残っていない。

男性の見事な食べっぷりに呆然とするが、二人の口元に白い粉が散ってるのを見て、ぷっと噴き出してしまう。

「どうした？」

「二人とも口元に白い粉がついていますよ」

由奈は笑いながらウェットティッシュを取り出し、敦也たちに差し出す。

「準備がいいんだな」

二人は素直に受け取り、口元を拭った。

「コンシェルジュの先輩から教えていただいて……。席を立ってお客さまを案内する日もあるので、普段から携帯するようにと。それがここで役に立って、本当に良かったです」

「いい先輩だな。またそれを実行に移せるのが素晴らしい。嶋田、そう思わないか？」

「ええ、思います。きちんと勉強されているんですね。僕も見習わなければ……」

二人からの褒め言葉を受けて、由奈は嬉しくなる。でも由奈を見つめる敦也の瞳が眩しげにキラリと光ったせいで、胸が一際高く高鳴った。

それもあって、妙な居心地の悪さが沸き起こる。

由奈はさっと首を回し、自分に向けられた敦也の眼差しから逃れた。

「私も食べますね」

半分に切った餅団子に竹鉄砲串を刺す。あまりにも柔らかいせいでつるんと落ちそうになるが、気を付けて餅団子を口に放り込んだ。

「んんんっ！」

あまりの美味しさに、感嘆の声を零した。

見た目とは全然違い、それは口の中で溶けていく。しかも餡に擂り潰したアーモンドが入っているので、その食感が絶妙だ。

全体的に甘さは控えめだが、三温糖の蜜を添えることで調節ができる。

甘党の人でも美味しく食べられるだろう。それに、わらび餅や団子に似ているがそうではないというのが面白い。

「どう思う？」

敦也の言葉に、由奈は率直に頷いた。

「とても美味しいです！　これ一本で勝負するのがわかります」

そう言って、由奈は残り半分に三温糖の蜜をかけて口に入れた。上品な味わいににんまりしてしまう。

著名人がこっそり通うというのも頷ける。これなら手土産として持参しても喜ばれるに違いない。

「俺も同じ意見だ。若者向きではないと思うが、上司だったり、近所でお付き合いのある親の友人だったり、ちょっとした改まった手土産にいい。……だろう？」

敦也が嶋田に声をかけると、アシスタントの彼は「はい」とだけ言った。

敦也と同じくらい女性の目を惹く容貌なのに、嶋田は本当に寡黙だった。相槌を打つ以外は、全然話さない。

周囲の女性客の楽しそうな声が聞こえるだけに、沈黙が続くこの場所だけが異様に感じるほどだ。

ほんの十数秒だったが、その間が耐えられなくなる。

由奈は咄嗟に顔を上げた。

「これ、買って帰ろうと――」

「これ、買って帰るか――」

なんと由奈が発するのと同時に、敦也も口を開いた。しかも見事言葉が重なり、二人して反射的に目を合わせる。

長年の付き合いがある友人や姉とは、偶然しゃべり出しが同じになることはある。でもまさか、他人の敦也とこんな風に言葉が重なるなんて思ってもみなかった。

敦也も同じ気持ちだったようで、唖然となる。

それがあまりにもおかしくて、由奈の口元が緩んでしまう。すると、敦也の唇の端が上がっていった。

その時、由奈と敦也が笑い出す前に、嶋田が噴き出した。

そちらに向くと、嶋田が必死に笑いを堪えている。ところがそれが叶わず、とうとう肩を震わせて笑い声を上げた。

「も、も、申し訳ありません……。傍から見ているととてももどかしくて……。まるで中学生ですよ？　いや、今の中学生ならもっとませてる――」

敦也が低い声で「嶋田」と戒める。嶋田はぴたりと口を閉じるものの、頬はまだぴくぴく動いていた。

「俺が命じたことを忘れたのか？」

「いいえ。安積さんが緊張されないよう、つかず離れずの位置で控えるようにと言われました」

その言葉に驚いた由奈は、敦也を凝視する。彼は由奈に向かって苦笑いするが、すぐに嶋田に目線を向けた。

「どうしてそうぺらぺらと――」

「安積さんにも本部長の心遣いを知ってもらいたかったので。けれども、もう緊張は解けているみたいですね。私が気遣う必要はなかったかなと。……良かったですね、本部長」

そう言って嶋田は席を立つ。

「車を回してきます」

会釈した嶋田は、初めて由奈に笑みを投げかけて中庭を出ていった。

由奈は嶋田の振る舞いに驚きながら、彼が外へ出ていく姿を目で追う。

これまでの印象から、敦也と嶋田は上司と部下という関係が徹底されていると感じたが、今の二人を見る限り、仕事以上に良好な仲のようだ。

由奈は首を動かす。居心地悪そうにする彼から目を逸らせなくなった。

敦也と二人きりにされたのに、ほんの数時間前に生じた緊張感は今はない。

由奈を気遣ってくれていたと知ったからだろうか。それとも、敦也とは偶然同じ言葉を口にするほど、心が通っていると気付いたから？

由奈はそこまで考えて、理由付けをするのをやめた。

最初はどうなるかと思ったが、今は和やかな雰囲気に包まれている。そんな状況下で仕事ができるのなら、それに越したことはない。

由奈は口元をほころばせたのち、先ほどの話題を再び始める。

「えーと、敦也さんも買われるんですね。私も職場と家族に買って帰ろうかなって思います」

「それがいい。宿泊客に〝美味しい和菓子屋さんを紹介してほしい〟と言われた時、この味を知っていれば、すんなりとすすめられる」

由奈は笑顔で賛同した。

ちょうど敦也がコンシェルジュの話を持ち出してくれたのを切っ掛けに、これまで気になっていた件を敦也に話そうと思い、居住まいを正す。

「あの、これは敦也さんに言うべきではないんですけど……」

「何？　なんでも言ってくれ」

「コンシェルジュデスクには精査されたデータが下りてきますが、それを全部把握するのは難しいんです。一応休みの日に気になる場所、飲食店、体験学習に行きますが、なかなか追いつかなくて」

「確かにそうだよな。それで今回、コンシェルジュを連れてくることにしたんだが」

敦也が神妙に頷く。

理解してくれるのが嬉しくて、由奈は心持ち腰を捻って座る位置を直した。

「さすがに予約の取りにくい夜景が見えるレストランのコースとか、珍味とか……そういうものは求めていないですけど、こういった和菓子や米菓子などをデータに載せる際、事前にコンシェルジュに試食させてはもらえないでしょうか」

「ちょっと待って……」

敦也が身を乗り出す。

「コンシェルジュは試食させてもらっていないのか!?」

由奈は頷くも、慌てて目の前で手を振った。

「同僚たちからの文句は、一切出ていませんよ。だから誤解はしないでくださいね。休みの日にチェックしに行くのも楽しいですから。ただ文化財の見学だったり、体験学習だったり、自分の目で確かめたいことはいっぱいあって……。なので、手土産としてすすめられるお菓子関連だけでも助けてもらえたら楽になるかなと」

敦也が一瞬難しい顔をする。

さっきは理解してくれたかと思ったが、やはり出すぎた真似だっただろうか。

まずは直属の上司に相談するべきだったかもしれない。敦也とは知り合いという理由で甘えすぎてしまった。

「今の話は気に――」

「悪かった」

由奈が言い切る前に、敦也が言葉をかぶせるようにして謝った。

「俺のミスだ。今の地位に就いて以降、既存の決定事項をチェックしているが、まだそこまで手が回っていなかった。すぐに対応するように指示しておく」

指示しておく？　検討するではなく？

敦也が本部長の立場に就いてそこまで経っていないので、細部まで行き届かなくても仕方がないのに、その件について確かめもせず即断するなんて……。

驚きのあまり、由奈は瞬きしながら敦也を凝視した。

「あの、いきなり頼んだのは私ですけど、この場で決定してもいいんですか？」

「ああ。そもそもコンシェルジュには前面に立ってもらってる。その後ろをサポートするのが俺たちの役目だ。何かあれば直属の上司でも俺にでもいい。遠慮せず言ってほしい」

「あ、ありがとうございます！」

ほんのわずかであっても、これで同僚たちの負担が軽くなる。

そう思っただけで、由奈の胸は喜びで満たされていく。

すると敦也が手を伸ばし、由奈の手の上に手のひらを重ねた。

「こっちこそありがとう。……これからもコンシェルジュとして頑張ってほしい」

不意に触れられて、ドキッとしなかったと言ったら嘘になる。でもそれよりも、敦也から労ってもらったことの方が嬉しかった。

由奈は改めて敦也をまじまじと見つめる。

確かに敦也にされたことを考えると、もの凄く辛い。優しい振りをして、意識のない由奈をベッドに引き入れた件は忘れられるようなものではない。

でも、こんな風に優しい敦也が、無理やり由奈を抱いたとは思えなくなってきた。

もしかして、由奈が悲しみに負けて敦也を誘惑したのだろうか。

記憶を飛ばすほどに酔いつぶれたので真相は闇の中だが、もしそうだとしたら納得できる。

由奈が求めたから、敦也が拒めなかったと……。

自ら隙を作ってしまったのに、それを敦也のせいにして全部の責任を負わせるのは間違っている。

だったら、もうこの件を考えるのはやめた方がいい。

二人ともいい大人なのだから、男女の関係に至った件は双方に問題があると考えるのがベストだ。

これからも敦也と一緒に仕事をするのだから、ここから前を向いて歩み出そう。

「はい、精一杯頑張ります」

由奈は敦也を見つめて頷いた。

この日を境に、リストに載せられているお菓子や飲料がコンシェルジュに届けられるようになり、同僚たちから〝これで休日には他の場所へ足を向けられる〟と感謝された。

最初は、由奈と同様に同僚たちも不安だっただろう。一番下っ端の由奈が企画本部長のお供に選ばれたのだから。

しかし今回の件で〝安積さんで良かった〟と言ってくれた。

由奈がホッと安堵したのは言うまでもない。

これからもコンシェルジュの一員として頑張ると誓った由奈は、その後も敦也と一緒に和菓子屋や米菓子屋を回っては、真剣に最終チェックを行ったのだった。

第四章

梅雨が明け、夏本番が始まった。

陽射しは強くて眩しいが、澄み渡る青空を見ているだけで清々しい気持ちになる。

由奈は澄んだ空気を深く吸いながら、隣を歩く敦也をそっと窺った。

いつものスーツ姿とは違って、カジュアルな服装をしている。白いシャツに黒色のカーゴパンツを合わせ、上着を腰に巻いていた。

由奈は山ガールのように、黒色のレギンスにエスニック柄のトレッキングスカートを合わせ、上にパーカーを羽織っている。

こういう服装をしているのには、もちろん理由がある。

今回、由奈と敦也は、都心から北東に車で約一時間半走ったところにある山間のグランピング施設に来ていた。

自然に囲まれたロケーションの中で、キャンプができるのだ。

それのみならず、アスレチック遊具と快適な設備が整っているのも魅力で、数年ほど前から流行の施設だった。

キャンプとなると事前準備が必要だが、最近では何も持たずに気軽に行ける。それも、人気の一つだろう。

コンシェルジュデスクでも訊ねられる確率が高くなっており、都内で楽しめるグランピング施設をほぼ網羅していた。

しかし、移動に苦にならない距離にもグランピング施設がある。

どうせならそこもリストに入れようという話になり、今夏オープンしたここが候補に挙がった。

それで由奈たちが、訪れたというわけだった。

宿泊はしないが、グランピング施設を楽しみながらチェックする予定でいる。

友人同士や、恋人や家族といった人たちが行く娯楽施設を、敦也と一緒に楽しむことになるなんて……。

再会した当時は敦也との接触は極力避けたいと思っていたのに、あの件を考えるのはやめた途端、敦也と過ごせば過ごすほどだんだん楽しくなってきた。

どんな由奈であっても、敦也は辛抱強く接してくれるためだ。

「いい天気だな」

「本当に気持ちいいです」

お昼を過ぎているのもあり、かなり気温が上がっているが、山間の温度は都心よりも低いので動きやすい方だろう。

とはいえ、陽射しは強すぎる。

由奈は手をかざして影を作ると、目を眇めた。深めにキャップをかぶった敦也も、青々とした山々を見渡す。

「せっかくなので、嶋田さんも一緒に楽しめれば良かったのに……」

実はここまで車を運転してくれた嶋田も、一緒にグランピング施設に入っている。ところが彼は由奈たちに付き添わず、カフェで仕事をするという話だ。

「嶋田には俺の補佐とは別の仕事もしてもらっていて、今忙しくしてるんだ。いつものことだ。気にしなくていい」

そうは言うものの、気になってしまう。忙しいのなら、由奈が運転しても良かったのに……と思わずにいられない。

でも敦也が言ったように、嶋田は彼の補佐をするアシスタント。こうして仕事で外に出る彼に付き従うのは当然なので、由奈が口を出すことではない。

だが、仕事とはいえこうしてグランピング施設に来たのだから、少しは羽目を外してリラックスできたら……。

由奈がいろいろなことを考えていると、敦也が由奈の背を押した。

「嶋田は俺たちと別れて仕事をするが、夕食のバーベキューでは合流する。俺たちも自分たちの仕事をしよう。……きっと、昼食後のいい運動になる」

敦也が〝いいだろう?〟と笑う。

「はい」

由奈は敦也に同意して頷いた。

実はこれまでの外回りでは、午前中にホテルを出ていた。しかし今日は敦也に会議が入っていたので、早めの昼食を取ってからの出発となった。

それもあり、身体を動かすには充分な状態だった。

敦也は由奈の返事を受け、顎で歩道の先を示して歩き出した。

「ここのグランピング施設は、アスレチックやジップスライダー、立体迷路などのアトラクションがあって一日中遊べる。他にはのんびりと森を散策できるオリエンテーリングも実施されていて、かなり充実しているという話だ」

「年齢問わずに楽しめていいですよね。親子三世代で来ても、とてもいい思い出が作れそう」

「そうだな。……俺たちにとってもいい思い出になる」

敦也が楽しげに白い歯を零した。

「思い出になるかどうかは、グランピング施設を楽しめるかどうかですよね」

すると、敦也が豪快に笑った。

「それは予想外の反応だったな」

やにわに、敦也が男の色香を双眸に宿して由奈に顔を寄せる。

「まさか暗に〝由奈を楽しませられるのか？〟と挑発されるとは思わなかった。そこまで言われたら、頑張るしかないな」

挑発!? そんな風には言っていないのに？

由奈はどぎまぎするが、すぐに頬が緩む。最近ではこういうやり取りさえ楽しくて仕方がない。

そのせいか、もっと敦也といろいろな話をしたいという気分になるが、すぐに自分を戒める。敦也の言葉に乗って対応できる能力は、由奈には皆無だからだ。

やはりここはいつもどおりに話題を変えるのがベストだろう。

由奈は敦也から顔を背けて周囲を見回した。

「今からどこへ向かうんですか」

今日は平日のため、さほど子どもたちの声は聞こえてこない。だが、大学生ぐらいの若い男女の声は聞こえている。そのはしゃぎぶりから、かなり楽しんでいるのが伝わってきた。

「まずはアスレチックができるエリアだ。安全確認と、どれぐらい楽しめるかを体験しようと思う」

「楽しみです！」

「身体を動かす場所は好きか？」

窺うような口調に、由奈は敦也を見上げた。

「はい。小学生の頃の遠足で、一回行っただけですけど……」

実は、こういう施設に家族と行った記憶がなかった。旅館経営で忙しいのを見てきたので、加奈も由奈も両親に我が儘を言ったことはない。

もちろん祖父母が休みをくれて家族で毎年数回は出掛けた。でもそれは、進級の節目に新しいものを買いに行くといった感じで、ほぼ娯楽ではなかった。

だから、龍之介が両親の代わりを買って出てくれて、由奈をいろいろなところに連れ出してくれたのだ。

「俺も同じだな……。こういうアクティビティとは無縁の生活を送っていたが、嫌いではなかった。お互いあまり経験していないからこそ、今日は童心に返って思い切り遊ぼう」

由奈は頷いて大賛成だと伝えた。

ちょうどその時、由奈の視界にアスレチックが広がった。木でできたジャングルジムが複雑にまじわり、そこに平衡感覚を養う平均台が合わさっている。

他には、木と木の間にロープで編まれた跳躍器具があり、子どもや大学生たちが跳んでは転び、歓喜の声を上げていた。

「さあ、行くぞ」

敦也が先陣を切り、ロープの梯子を登っていく。

大人が大学生ぐらいの男女にまじる姿にクスッと笑みが漏れるが、由奈も負けじと敦也を追った。

「待ってください！」

揺れるロープのせいで心臓が激しく鼓動を打つが、それを打ち消すほどのわくわく感の方が強い。

由奈は体勢を整えて一つずつ足を掛けて上る。

ようやく一番上のロープに手をかけた時、目の前ににゅっと手が伸びてきた。驚いて顔を上げると、由奈を見下ろす敦也と視線がぶつかる。

「あともう少しだ」

由奈は躊躇なく敦也に手を伸ばして、彼の手を握る。

男らしい手で強く取られて、由奈の胸が高鳴った。強く弾む心音を感じながら敦也を見つめると、目を細めた彼に引っ張り上げられた。

「ありが――」

照れながらお礼を言おうとした由奈の目に、素晴らしい光景が広がったため、言葉を呑み込んでしまった。

なんと素晴らしい壮観な景色だろうか。

アスレチックエリアは高台にあるため、小川の傍にあるキャンプエリア、ドーム型のコテージ、そしてフロントなどがある二階建てのログハウスが見渡せた。

それらの中央には、いろいろな催しができる青々とした芝生の広場がある。

先にあるジップスライダーは、そういう眺めを見渡しながら滑降できるようになっていた。

怖そうだが、由奈も挑戦したいと思うぐらい好奇心をそそられた。

「全部は回れそうにないですけど、できるだけ体験したいです」

敦也に懇願する。彼は問題ないと笑顔で頷いた。

「バーベキューを始めるまで、時間は充分にある。由奈がしたいものは全て試そう」

由奈の願いならなんでも叶えると言わんばかりだ。

敦也の心配りに由奈が胸を弾ませていると、彼が〝お先にどうぞ〟と手で木の吊り橋を示す。

由奈は敦也に微笑んで、彼の前を通って木の吊り橋に足をかける。歩くたびに揺れるせいで、重心を保つのが難しい。

とはいえ下には転落防止ネットが張られているし、橋板には隙間がないので、足を踏み外すこともないだろう。

ロープでできた手すりは、身長に合わせて持てるように数本掛かっている。小学低学年でも安心して遊べる構造だ。

特に子どもはやんちゃで、大人の想像の上をいく。あらゆる事故が起こると想定しなければならないが、そういう面も熟慮している。

由奈はそういうところもチェックしては、吊り橋を渡り切り、置き石ならぬ置き板に跳び移っていく。

子どもなら上手く跳べるが、大人は体幹が衰えている。そのため、移動してはポールにしがみつかないと、下に落ちてしまう可能性があった。

当然転落防止ネットがあるので危険ではないが、地面までの距離が五メートルほどある。しかも透けて見えているとなれば、やはり恐怖心が湧く。

しかし由奈は妙にハイテンションになっていて、ずっと笑っていた。

本当に楽しくて、これがもっと続けばいいとさえ思ってしまう。

どうして？　相手はあの敦也なのに、気持ちを切り替えてから肩の力が抜け心が安らいでいる。そしてそれを不快にさえ思わない。

この気持ちの変化はいったい……？

「由奈の笑い声……好きだ」

不意に爽やかに言われて、由奈はドキッとする。

由奈はポールに抱きつき、横に飛び移った敦也に目線を向けた。

「その方がいい。とても可愛い」

男性から甘い言葉を囁かれたことは、今まで一度もない。

由奈は恥ずかしさのあまり、たまらずポールに縋りついた。

「そ、そんな風に言わないでください！」

どうすればいいのかわからなくなってしまう。

「何故？　もっともっと由奈の可愛いところを見せてほしいのに」

敦也が獲物を狙う肉食動物の如く瞳を輝かせると、急に由奈との距離がより近い場所に飛び移った。

それに驚いた由奈は、次の板に跳んで敦也から離れる。でもそうすると、敦也が再び追いかけた。

「や、やめて、追いかけないで」

由奈は焦りを隠そうとはせず、一歩、一歩前へ跳ぶ。その都度ポールに抱きついては振り返った。

敦也の方が運動神経がいいせいで、二人の距離が縮まっている。

由奈は怖いし焦るしで、次の足場へ跳び移るたびに滑りそうになる。それでも次々に移動し、あともう少しでこの飛び板エリアが終わるというところまできた時だった。

由奈が次に足を踏み出そうとした刹那、急に背後に何かがぶつかってきた。

「……あっ！」

「捕まえた……」

命綱のようにポールを抱きしめる由奈を、敦也が包み込む。

既に嗅ぎ慣れたムスクの香りと、体温、そして耳殻にかかる吐息に身体が震えてしまう。

「あ、敦也さん……」

「うん？」

「あの、これはどういう？」

「逃げるから追いかけたくなった。……男の捕食本能を刺激された」

捕食本能？　私に？　――と戸惑いながら、一層ポールに腕を絡ませる。すると、敦也もぎゅっと由奈を抱きしめた。

いったい何が起こっているのかわからない。敦也はどうしてしまったのか。

離してと言わなければならないのに、敦也の抱擁が嫌ではない自分もいて、どうすればいいのか決められない。

男性からこんな風にされた経験がないため、由奈は息を殺してただじっとする。

十数秒ほど経った頃だろうか。

急に女性のはしゃぎ声と男性の笑い声が響き、敦也が静かに由奈を抱く腕の力を抜いていった。

ホッと胸を撫で下ろすが、そんな由奈の後頭部を敦也が額でこつんと小突く。

愛情が籠もった仕草に心音が速くなる。

「……怖かった？」

耳元の傍で聞こえた低音ボイスに、由奈の尾てい骨あたりがびりびりと痺れて腰が砕けそうになった。

初めての経験に由奈は動揺してしまい、大きく息を吸う。

「い、いいえ……」

それは本音だった。

敦也と出会って以降、彼を怖いと感じたことは一度もない。心から信頼を寄せられる人だと思っている。もしあの一点がなければ、とても素晴らしい人だと尊敬の念を抱いたに違いない。

そういう流れにならなかったのが、本当に残念だ。

「そっか、それなら良かった……」

敦也の声色には、安堵と喜びが入りまじっていた。

由奈は不思議に思いながら背後の敦也に意識を向けると、彼が不意を狙って由奈の髪に何かを押し付けた。直後にチュッという音が響く。

ひょっとして敦也がそこにキスした⁉

そう思うや否や、由奈の頬が熱くなり、手の感覚もなくなっていく。

そんな状態の中、命綱の如くポールを強く抱いた。

「よし、これで充電完了だ。さあ、どうぞ。逃げて」

由奈の背中にかかっていた敦也の体重がなくなる。彼が心持ち離れてくれ、由奈が踊り場に飛び移れるようにしてくれた。

しかし、まだ下肢の力が入らない。由奈はその場にへたり込みそうになっていた。

「由奈？　逃げないのか？　だったら遠慮しないけど？」

「ま、待ってください。脚の力が入らなくて……。こうなったのは、全て敦也さんのせいなんですからね！」

由奈は恥ずかしさがあったが、ここから逃げられない以上、正直な気持ちを話すしかなかった。

だからといって、敦也の顔は見られない。ポールにしがみつきながら俯く。

「俺のせい？　それは心外だな。俺は由奈の力を抜くような真似をしていないのに」

しました！　私を抱きしめて、頭にキスした！　――と非難できたらいいが、はっきりと言えるはずもなく、ただ口を噤む。

すると、敦也が由奈に顔を近づけてきた。彼の息遣いでそれが伝わってくる。

「今いる場所が高いからだと言えば納得するのに、悪いのは俺って断言するなんて。それって、俺を意識していなければ出てこない――」

そこまで言って、敦也が大きく息を吸って中断する。

男性に対して初心だと、免疫がないとバレてしまった。でも由奈は龍之介一筋だったと話している。その件については敦也も知っているはずだ。

にもかかわらず驚愕するなんて……。

「由奈、それってもしかして、君も俺を？」

「行きますよ！」

体温が上昇していくのを感じつつも、由奈は敦也の言葉を遮った。

これ以上恥ずかしい思いをするのはごめんだ。

由奈は自分を奮い立たせると、思い切り踏み切った。無事に踊り場に着地できたが脚が震えて転げそうになる。しかし、すんでのところで手すりを掴めたので事なきを得た。

「大丈夫か？」

すぐに敦也が由奈の腕を取って支えてくれる。

由奈は大丈夫と笑顔で頷き、先ほど男女の声が聞こえた方角に目を向けた。

交差し合う平均台を渡った向こう側に、網が張られた跳躍器具が見える。

そこで、大学生ぐらいの男女グループと、園児らしい男の子と女の子が跳んでは転がり、楽しそうに声を上げていた。

「敦也さん、あそこに行ってみましょう」

由奈は敦也の顔を見ずに、丸太の平均台を進む。

そうしながらも、敦也に触れられた腕、接触した背中、そしてキスされた頭が熱くて、そのことばかり考えてしまっていた。

ダメダメ！　意識していたら、仕事にならなくなってしまう。

さっさと仕事脳に切り替えなければ……。

由奈は瞼を閉じて自分に言い聞かせたのち、改めて平均台を通っていく。

「由奈、ゆっくりでいい！」

「大丈夫です！」

敦也を振り返らずに大声で答えた由奈は、跳躍器具の入り口で立ち止まった。

網が細かいので、足は抜けない。でも木々の間に張られただけの網を見て、尻込みしてしまう。地面から高い位置に設置してあるのも理由の一つだ。

なのにそこで遊んでいる人たちは、気にせずに転げ回っている。

「ロープが切れたら怖いな……」

「たとえ切れたとしても、その下に防護ネットが張ってある」

敦也の言うとおりだ。

大学生ぐらいのグループがあんなに跳んでも大丈夫なので、ちょっとやそっとで切れるはずがない。

恐怖が先に立って仕方がないが、これも仕事なので頑張らなければ……。

由奈は勇気を出して、足を踏み出した。

突如、柔らかな感触に膝がガクッと曲がってしまう。しかも、そこで遊ぶ人たちのネットの揺れをまともに受けてしまった。

「きゃあ！」

その場に崩れ落ちるが、そうなっても身体が上下に揺れる。

由奈は慌てるものの、昔、遊園地の跳躍器具で遊んだ時とまったく同じ揺れだとわかると、自然と笑いが込み上げてきた。

「ほら、立って」

敦也は揺れに同調して跳ねるが立ったままだ。体幹がしっかりしているのだろう。

だが由奈は立とうにも立てず、だるまのようにあっちこっちに転がってしまう。

もう笑うことしかできなくて、由奈は悲鳴に似た笑い声を上げ続けた。

大学生のグループが大声を出してはしゃいでいたのも頷ける。彼女たちも由奈と同じで立てなかったのだ。

「本当に立てないのか？」

そう言って、わざと敦也がネットを揺らす。由奈に意地悪しているのだ。

「敦也さん！」

声を荒らげた。でも怒りは湧かない。それどころか、逆に由奈も彼にやり返したい衝動に駆られた。

悪戯っ子のように……。

由奈はにやりとして、敦也に片手を伸ばす。

「立てないんです。助けてください」

敦也は笑いながらも身構える。

「何を考えている？」

「何も……。転ばせた責任を取ってください」

由奈が手を伸ばす。すると敦也がふっと口元を緩ませて、由奈の手を取って立たせようとしてくれる。

由奈は敦也の手を握るが、彼を転ばせるために後ろに体重をのせて引き寄せた。

ちょうどその時、敦也の背後を通った女性の揺れが相まって彼が重心を崩す。

「うわっ！」

目を見開いた敦也が倒れてきた。

敦也との距離がどんどん縮まり、彼に覆いかぶさられた。拍子にネットがしなって身体が跳ね上がり、二人の位置が入れ替わる。

由奈はいつの間にか仰向けの敦也を押し倒していたが、悪戯が大成功したことが嬉しくて、くすくすと声を上げた。

しばらくしてからネットに手をついて上体を起こし、横へ移動する。しかし敦也は寝そべったまま笑っていた。

由奈は目を眇めて敦也を見下ろす。

「私に意地悪をした罰です。それに転んでしまったらどうなるか、敦也さんも自分で体験してみないと」

「意地悪をした罰？　……こういう罰なら大歓迎だ」

敦也が由奈を見上げる。

「由奈にならなにをされてもいいと思ってる。君だけが、俺を自由にできるんだ」

その言葉に、由奈の心音が大きく弾んだ。

まさか由奈がすること全てに寛容になってくれるとは思わなかった。

あくまで敦也は企画本部長で、友人ではない。けれど彼はお互いの地位などは気にせず、一個人として由奈に接してくれる。

敦也の変わらない優しさに、由奈の胸に喜びが満ちていった。

「お、怒られなくて良かったです」

「怒るわけがない。由奈にはもっと俺に絡んでほしいのに……。今みたいに俺に微笑んで。それが俺を幸せにしてくれる」

敦也が由奈の頬に落ちた髪を指で払い、耳の後ろにかける。

その時に敦也の指が軽く頬に触れて、何かがフラッシュバックした。

前にもこんな風にされた気がする。あれはいったい……?

思い出そうとするが、頭の片隅に靄がかかって何もわからない。

「由奈?」

物思いに耽っていた由奈は、ハッとして我に返る。

「どうした? 何か不思議そうにしていたけど」

由奈はなんでもないと身振りで示すが、敦也がすぐに上体を起こして胡坐をかき、由奈と向き合った。

「何か問題が?」

「いいえ、別に何も――」

と言いかけるが、由奈と敦也の身体が鞠の如く上下に揺れるのを見て口を閉じる。

傍にいる園児たちが、由奈たちを興味津々に見つめながらジャンプしていたのだ。

理由がわかると由奈たちは真顔で顔を見合わせ、一緒に噴き出した。

同時に笑うなんて……。

やっぱり敦也と一緒にいると、とても楽しい。他にどんなところが似ているのか、もっと知りたくなる。

そう思えば思うほど敦也から目が離せなくなるが、あまりにもまじまじと見つめるのが恥ずかしくなって自分から視線を剥がした。しかし再び敦也を流し目で見て、相好を崩す。

「私たちが邪魔みたいですね」

「そうだな。ここは子どもたちに譲ろう。由奈と一緒なら、どんなものでも楽しめる。見るもの全てが、色鮮やかになる」

敦也の声が感情的にかすれた。

それに反応して、由奈の全身の血が沸騰したかのように熱くなる。指の先までじんじんするほどだ。

そうなっても敦也から目を逸らせない。

今、自分がどんな表情をしているのかわからないまま見惚れていると、彼が悠々とした所作で立ち上がり、由奈に手を差し出す。

由奈は躊躇せず敦也の手を掴んで立たせてもらった。

「行こう」

敦也の合図で由奈たちはアスレチックエリアを脱出し、ジップスライダーがある位置へと移動する。

ただのウォーキングになっているが、清々しい空気を吸いながらの森林浴がとても気持ちいい。

そうして数十分後に到着すると立体迷路を一時間ほど体験し、ジップスライダーで一気に下降して芝生が広がる傍の着地点に下りた。

ジップスライダーは高所から滑降するスピードが凄まじいぐらい怖かったが、顔にあたる風、素晴らしい景色に気分が上がり、地面に着地したあともずっと笑顔が絶えなかった。

既に十八時を過ぎているが、西の空はまだほんのり明るい。

陽が長くなったのを感じている由奈の横で、敦也が電話をかけていた。

「わかった。今からそっちへ向かう」

電話を切ると、敦也がコテージのある方向を指した。

「コテージへ行こう」

敦也は事前に予約していたドーム型のコテージへ、由奈を誘った。

コテージの外観はモンゴルなどで目にするパオのようなものだが、大きな窓が塡められていてとても立派だった。

外観もさることながら白を基調とした内観も素晴らしい。なんと言っても、ビジネスホテルとは比べものにならないほど広い。

キングサイズのベッドが二つ並べられ、座り心地よさそうなソファが置かれている。大型テレビは壁に掛かっていた。

大きな窓からは、壮大な景色や脇を流れる小川を観賞できるようになっている。室内でも自然を満喫できる空間造りに、由奈は目を輝かせた。

「お二人での視察は終わったんですね」

内装に見惚れていた時、ベッドの裏の衝立から嶋田が出てきた。彼の手にはノートパソコンがあり、ソファに置いていたリュックサックにそれを入れる。

「僕もスケジュール調整を終えました。あとは、別件を……詰めるのみです。こちらは夕食後に少しだけ取り組ませていただきます」

「わかった。じゃ、今は一緒に休憩しよう。そのあとにバーベキューの準備を始めるとするか」

「では、コーヒーを淹れてきます」

嶋田はそう言って移動し、備え付けの簡易ポットで湯を沸かし始めた。

「由奈、先に化粧室へどうぞ」

「ありがとうございます」

由奈は敦也の言葉に甘えて化粧室へ入る。

手を洗いながらふと顔を上げるが、そこで大きく息を呑んだ。今までに一度も見たことがない自分が、鏡に映っていたためだ。

頬はピンク色に上気し、瞳はキラキラと輝いている。化粧崩れもない。ここまで肌の調子がいいのは初めてだった。

おまけに口角は軽く上がっていて、とても幸せそうなオーラが出ている。

まるで恋する乙女みたいに……。

「恋する？」

誰に？——そう問いかけた由奈の脳裏に浮かんだのは、敦也だった。

由奈を愛おしげに見つめ、唇の端を柔らかく上げる敦也の姿が……。

敦也を意識した途端、鏡に映る自分の面持ちが華やかになっていく。

「わ、私……」

たった今気付いた感情に、頭の中がパニックになる。反面、胸の奥がほんわかし、喜びが四方八方に広がっていった。

由奈は口元を手で覆い、信じられない思いで自分を見つめ返す。

いったいいつから？

敦也が由奈に何をしたのか忘れてしまったのだろうか。

否、忘れていない。あの件を思い返すだけで胸が苦しくなるが、既にそれは自分の中で落としどころを見つけている。記憶を飛ばすほどに酔いつぶれたのは由奈自身なので、敦也にだけ責任を負わせるのは間違っていると。

確かにそう思って敦也と向き合ったが、まさか敦也という人を知れば知るほど自然と心が開き、徐々に惹かれていくとは思いもしなかった。

大好きだった龍之介が姉と結婚して身が焦がれるほど苦しんでいたのに、こんなに早く他の男性に心を奪われるなんて……。

本当に信じられない。

でも裏を返せば、それぐらい敦也の人となりに触れて魅了されていったということだろう。一度目の恋が終わった時には、次の恋があるとは考えられなかったほどなのに、もう過去の恋に囚われていないのだから……。

新たな世界に一歩踏み出せた事実に、当然ながら喜びが込み上げてくる。しかし由奈は、この恋が成就するとは思っていなかった。

龍之介への想いを強く抱いていた由奈を、敦也が好きになるはずがないのはわかっているためだ。

だからといって、今はまだ自分からこの恋を諦めたくない。まだ熟していないからこそ、もう少し温めていきたかった。

そうでしょう？——と鏡の中の自分に訊ねると、由奈の口元が幸せそうにほころぶ。最近ずっと見ていなかった表情に、再び頬が緩んでいった。

もう少しここで新しい自分に出会えた幸せに浸りたかったが、いつまでも化粧室に閉じ籠もっているわけにはいかない。

由奈は敦也たちのところへ戻ろうと思い、ようやく化粧室のドアを開けた。

その時、ちょうど彼らの話が耳に入ってきた。

「さっき言葉を濁しながら〝別件を詰める〟と言っていたが、〝体験型謎解き宿泊プランのことだな？　現在どうなってる？」

「担当者から難易度のランク分けの提案がありましたので、データをもとにオーケーを出しました。しかし、知的メディア会社が納品日に難を示しておりまして……。担当者に、精査するように指示を出しているところです」

「そうか。その件については嶋田に一任しているんだから、思うように進めてくれ」

何やら面白そうなプランを企画している。

どんなものになるのかな。発表される日が楽しみだな——と思いながら、敦也たちの声が聞こえる方向に歩き出した。

それに気付いた敦也が、由奈に「こっちへおいで」と手招く。

一人掛けのソファには敦也が、四人は座れそうなソファには嶋田が座っていた。

「嶋田が由奈の分もコーヒーを淹れてくれた」

「ありがとうございます」

敦也が由奈の名を呼ぶだけで、心が和んでいく。彼への想いを自覚したせいもあるだろう。

由奈はにこにこしながらそちらに向かい、嶋田の隣に座った。

「由奈が席を外している間に、嶋田に簡単にここの感想を聞いていた。子どものみならず、大人も楽しんでいると」

「カフェにはご高齢の方がいらっしゃったんですが、陶芸体験が面白かったと話していました。一日では回り切れないとも。他には、お孫さんとしたオリエンテーリングが印象に残ったと言っていましたね」

嶋田の話に、敦也が相槌を打つ。

「確かに、一日では回り切れそうにないな。俺たちは半日だったが充分に楽しめたよ。そうだろう、由奈？」

由奈は敦也と体験したことを思い出して頷いた。

「うちのホテルからは遠出になりますが、おすすめのグランピング施設を紹介してほしいと言われたら、一番に推薦したいと思うほど私も気に入りました」

「今日はまだ終わってない。バーベキューで腹ごなしだ。用意ができたと連絡が入れば――」

その時、電話が鳴り響いた。

どこで鳴っているのかと電話機を探す由奈より早く、嶋田がベッドの傍にある受話器を取り上げる。

「はい。……はい、わかりました。ありがとうございます」

受話器を下ろして振り返る。

「バーベキューの準備ができたそうです」

「よし、お腹を満たそう」

腰を上げる敦也に続いて由奈も立ち上がり、外へ出た。

見事な景色が目に飛び込んでくるや否や、由奈は「わあぁぁ」と感嘆した。

いつの間にか陽が沈み、山の稜線がほのかに茜色に染まっているだけになっている。

代わりに、コテージ一帯がライトアップされていた。

木々に取り付けられた青色LEDイルミネーション電飾が輝き、等間隔に置かれた灯籠が幻想的に灯っている。もちろんコテージも一棟ずつ照らされていて、暗闇に浮かび上がっていた。

「あっ、用意されてるな」

敦也の言葉で、由奈は階段の下に視線を移動させた。

そこには小さなテラスがあり、ウッドテーブルとバーベキューコンロが設置されていた。

もちろん日帰りでも楽しめるように、バーベキューエリアがある。ただコテージを利用する客は、別に専用スペースを使える仕様になっていた。

バーベキューコンロの横には男性スタッフがおり、食材を並べていた。由奈たちに気付くと、彼が簡単にコンロの使い方を説明する。

それが終わると、男性スタッフは去っていった。

「まあなんとかなるだろう。こうしてレシピも置いていってくれたし」

敦也が冊子をひらひらと振る。

「そうですね。頑張りましょう」

由奈は握り拳を作って自分に発破をかける。しかし、頬は引き攣って苦笑いしかできなかった。

というのも、実は料理が大の苦手だったからだ。

包丁の握り方もダメ、切り方もダメ、フライパンの振り方もダメといった感じで、上手くない。量って入れるだけの味付けなら大丈夫だが、そこに中火や弱火と火加減が入ると、生煮えだったり焼きすぎてしまったりして、毎回失敗ばかり。家族にも呆れられるほどだ。

なので、大失態をするのが目に見えていた。そんな状態で手伝えば、敦也に呆れられてしまうだろう。

ただ、心のどこかで〝料理が苦手だと知られないのでは？〟とも思っていた。

バーベキューなら、串で焼くだけだから……。

けれども由奈の望みは絶たれそうだ。

普通の楽しみ方以上のことを考えているのか、敦也はスタッフから渡されたレシピを見てはトレーに並んだ材料と道具類を交互にチェックしている。

もう諦めるしかないのかもしれない。

由奈は気落ちしながら食材のリストを手に取り、敦也と一緒に一つずつ確認し始める。

牛肉はサーロインのステーキの他に、スペアリブ、カルビ、ロースがある。魚はニジマスとサーモンがあった。魚介類やキノコ類、野菜もたっぷりあり、どんな料理でも作れそうだ。

そう思うのは、いろいろな調味料がたくさんあったためだ。

三人分の材料にしては多いが、男性が二人もいる。きっとぺろりと食べてなくなるだろう。

問題なのは、敦也が普通のバーベキューで妥協するのかどうかだ。

由奈がちらっと敦也を窺うと、彼は口角を上げてにやりとした
「レシピどおり作ったらどうなるか、それを体験するのがいいな。サーロインは直火

焼きが美味しいから、豪快に焼こう。スペアリブはマーマレードジャムを使った甘辛焼きにし、魚は野菜と一緒に蒸し焼きだな。あとはメスティンでキノコの炊き込みご飯を作るか」

「いいですね、よだれが出そうになってきました。……安積さん、僕の分までお願いします。実は料理全般できなくて。男の一人暮らしだとそうなっても仕方ないですよね。毎日外食で済ませているので」

照れ笑いする嶋田に対し、敦也は「お前は……」と苦笑した。

二人のやり取りに、由奈は顔を強張らせて生唾をごくりと呑み込んだ。

どうしよう、どうしよう……！

心中穏やかでいられず、由奈は目を泳がせる。

「どうした？　何か、問題が？」

「えっ？　いいえ。別に……何も」

しかし、曖昧な言い訳が敦也に通じるはずがない。

由奈の言動がいつもと違うと察した敦也が、近寄ってきた。

「なんでも言ってくれ」

「えっと……、今おっしゃった料理を作られるんですか？」

恐る恐る訊ねる。

敦也は眉間に皺を寄せて、静かに頷いた。

「レシピどおりに作れば大丈夫だろう。さっき言ったように、渡されたレシピの味を確かめるのも大事だと思ってるから」

「ですよね」

由奈はしゅんと肩を落とす。

「どうした？　もしかして他の料理を作りたかった？　それなら由奈の好きな――」

「ち、違います！」

とんでもない方向に話が流れていきそうになったのを察した由奈は、顔の間で両手を横に振る。

そんな由奈の態度に、敦也も嶋田も不可解そうにしている。

ああ、もう隠せない……！

あとで恥をかくなら、今かいても同じだ。

覚悟を決めた由奈だったが、敦也を見返せなくて目線を手元に落とした。

指と指を絡ませて、もじもじする。

「私、下手で」

「下手？　何が？」

由奈は瞼をぎゅっと閉じると両手で顔を覆った。

「料理がです！」

そう告白したあとは楽で、いかに自分が料理下手なのかを話した。

あまりにも手際が悪く、美味しい料理を作れた試しがない。スープを入れるだけのインスタントラーメンやうどん、まぜるだけのナポリタンスパゲッティなどは作れるが、料理の工程が多くなればなるほど、失敗率が高くなることまで暴露する。

「すみません。なので、私が手伝うとどんでもない味になる、かも……」

顔を覆った手をほんのわずか下ろし、呆気に取られているであろう敦也を窺う。

しかし敦也は、呆れるどころか目を和ませていた。

「いったい何事かと思ったら、そんなことか……」

「そんなことって、私にとったら大変な問題なんですよ⁉」

由奈が恥ずかしさや悔しさで顔をくしゃくしゃにすると、敦也がいきなり由奈を抱きしめた。

突然の行動に、由奈の身体が強張る。怖いのではなく、こういう風に抱擁されて驚いてしまったせいだ。

「俺の言い方が悪かった！　そういう意味じゃない」

敦也が早口で弁解し、その後慌てて由奈からさっと離れた。

「俺が言いたかったのは、別に気にしなくていいという意味だ。こういう時のバーベキューは、一緒に楽しんで作るのが大事なんだ。失敗してもいいんだよ」

「でも、本当に不味い料理に——」

まだ言おうとすると、敦也が手を伸ばして由奈の唇に指で触れた。

そんなところを触れられて、由奈の心臓が痛いほど跳ね上がる。目を見開いて敦也を凝視するが、彼は動揺すらせず、由奈と目を合わせ続けた。

「こういう場所では、お互いに相手のできない部分を補うんだ。俺は由奈の、由奈は俺のできない部分を……」

そうだろう？　うん？　——と問いかけながら、敦也が面白おかしく片眉を動かす。

由奈が気にしないようにしてくれたその気遣いに、由奈の肩の力が抜けて胸の奥がジーンとしていく。

いつも由奈の心を軽くしてくれる敦也に、どうして惹かれずにいられようか。

「さあ、皆で下準備を始めよう」

敦也に目が吸い寄せられていると、彼が由奈の鼻の頭を指でこつんと弾いた。

「……っん！」

由奈は目を閉じて、軽く上体を後ろに反らせる。

「そんなに見つめられたら、俺が困る」

敦也が朗らかに笑って、食材に視線を落とす。

「そうだな。由奈は……スペアリブをお願いする。まずは漬けダレの準備から初めてくれるか？」

「わかりました」

由奈は敦也と並び、レシピに書かれたとおりに調味料を量る。敦也はニジマスのホイル焼きをするのか、魚を捌き始めた。

その見事な手つきに、由奈は目をまん丸にする。

「凄い！」

「十二歳だったかな？ ちょうど学校で釣りが流行って、高校生、大学生になっても友達たちと釣りに行ってたんだ。だから……魚を捌くのだけは期待してくれていい。他の部分は……あてにしないでくれ」

敦也は由奈に苦笑いして、次々に三枚におろしていく。

この時、誰に対しても一度も思ったことがない感情が由奈の胸に湧いてきた。

どんな味になってもいい。敦也に手料理を食べてほしい……という思いだ。

よし、頑張ろう！

由奈は計量スプーンでしっかり量って漬けダレを調合する。肉に柔らかさを出すために玉葱のスライスも入れるが、これはスライサーがあったので難なくできた。

フォークで肉に数か所刺し、塩と粗びき黒コショウを振って擦り込む。そして、袋にスペアリブと漬けダレ、さらに香味野菜を入れた。

「ふぅ～」

何も問題なく終わり、由奈は安堵の息を吐いた。

敦也や嶋田は何をしているのかとそちらに顔を向けると、前者は大きなアルミホイルに何やら調味料を塗り、野菜と切り身魚にタレをかけていた。後者は由奈たちから目を逸らすように背を向けて、メスティンで炊き込みご飯の準備をしている。

敦也とは違い、嶋田が持つ包丁の手つきはおぼつかなく、由奈と似たり寄ったりだ。けれども、一生懸命人参やゴボウを切っている。

「おっ、できてるじゃないか」

アルミホイルを筒状に巻いていた敦也が、漬け置き中のスペアリブを見て白い歯を零した。

「量るだけでしたから」

由奈は照れ笑いしながら、敦也の手元にあるレシピを横から覗き込む。

「次は何をすればいいですか？　他にも作ります？」

「いや、もう充分だろう。ホタテやサザエなどは炭火で焼く方が美味しいし。あっ、野菜を切ってくれる？　玉葱、ピーマン、じゃがいもとか。俺は火を入れて、鉄板を熱する」

「わかりました」

頼まれたことをやるために、由奈はざっくりと切っていく。大きさは様々で見栄えは悪いが、きっと誰も気にしない。

二人にはもう由奈が料理下手だとバレているから……。

そうして下準備を終えた頃、火入れしたコンロにはメスティンが置かれており、沸騰する音が聞こえていた。

嶋田はカルビやロースを鉄板に並べ、敦也は漬け込んでいたスペアリブを鉄板に載せる。由奈は一応「野菜も載せますね」と伝えて、千切ったキャベツや輪切りにした玉葱、乱切りしたピーマンやパプリカ、もやしを置いた。

「さあ、持って」

敦也が手渡してきたのは、ノンアルコールビールだった。

「今日最後の締めくくりを楽しむぞ。乾杯！」

グラスを掲げる敦也に、由奈と嶋田も合わせる。

「乾杯！」

皆で乾杯したのち、いい感じに焼き上がったホイル料理をお皿に置く。

敦也が作ったニジマスの蒸し焼きは隠し味の味噌が絶品で、箸が止まらないほど美味しい。もちろん他のものも美味しく、由奈が作ったスペアリブもちょうどいい味付けだった。

「うーん、美味しい」

敦也はそう言ってはお肉や野菜を頬張る。しかし、彼よりもものの凄い勢いで食べるのは嶋田だ。

もう少しゆっくり食べればいいのにと思うが、何やら時間に追われているかのように食べて、ノンアルコールビールを飲み干した。

直後に、すっくと腰を上げる。

「すみません。少し詰めたい仕事があるので、先に席を外します。食べ終わりましたらお知らせください」

口元を手の甲で拭って頭を下げた嶋田は、そそくさと階段を上がってコテージに消えた。

そういえば、嶋田は夕食後に少しだけ仕事をするみたいな話をしていた。

せっかく皆で楽しんでいたのだから、嶋田にももっとここにいてほしかった。しかし、仕事となるとそうもいかない。

ちょっと残念だったな——そう思いながら嶋田が消えたコテージを眺めていると、敦也が咳払いした。

それに気付いた由奈は、ゆっくり敦也に目を向けた。

「えっと……美味しかった？」

由奈はすっかり汚れた紙皿を見て、笑顔で頷く。

「何もかもが美味しくて……」

「うん、由奈が作ってくれたスペアリブは絶妙で舌が蕩けた」

「敦也さんが作ってくれた魚の蒸し煮も最高でした！　身がふわふわしていて」

それは本当で、また食べたいと思うほどだ。

「これも皆で作ったから、美味しくできたんだ。こういう風に楽しみたい人が多いから、次々にグランピング施設がオープンしているのかもしれない」

由奈は同調して頷いたあと、鉄板の上で焦げた野菜をトングで片付ける。その横で、敦也が炭の後始末を始めた。

それを見ながら、由奈は口を開いた。

「楽しい夕食をありがとうございました。料理を作っていて、今日ほど楽しかったことはありません」

「本当に？」

敦也が目を輝かせて、由奈を見上げる。

「はい。私が料理が苦手なのは、ほとんどキッチンに立っていないせいだと思います」

そう言って、由奈は再び椅子に腰掛けた。

「我が家の食事は、旅館の料理人が作ってくれるので……。けれどもそれは言い訳で、何度作っても失敗するから諦めたんです。だって私の身近には、料理長の息子の龍くんがいたでしょう？　彼がキッチンで料理する姿を眺めるのが好きでした」

由奈は頬を緩めるが、敦也に真面目な面持ちで見られていたため、自然と笑みが消えていった。

敦也の目つきにどぎまぎしてしまい、さっと面を伏せる。でも、今日芽生えた気持ちを彼にも知ってもらいたくて、ゆっくり目線を上げた。

「私は龍くんが作ってくれるものは、なんでも美味しく食べました。でも食べるだけで、お返しに自分も作ろうという風にはならなかった。なのに、今日は違ったんです。初めて上手く作りたいって思いました」

由奈はそっと敦也を窺う。

「覚えてますか？　敦也さんが私に〝お互いに相手のできない部分を補うんだ〟って言ってくれたのを。そんな風に言われたのは初めてだったので、胸の奥がジーンとしちゃいました。龍くんは〝なんでも僕がしてあげる〟だったから」

「それは――」

敦也が口を開きかけたのを察して、由奈は慌てて遮った。

「あっ、認めたとかそういう話ではないのはわかってます」

「ただ、私がこんな気持ちになったのは初めてで……。それで敦也さんに打ち明けたいなって」

素直に告げると、敦也がテーブルに置いた由奈の手に手を重ねてきた。

由奈はびっくりして目を見開くが、手は引かない。敦也の考えを読むように、彼を見返した。

途端、敦也が口元を柔らかくほころばせた。

「由奈、俺たち……付き合わないか？」

「……付き合う？」

付き合うとはどういう意味だろうか。

今日みたいにあっちこっち回るのは仕事で決まっているので、今更〝付き合わないか？〟と問われてもピンとこない。

由奈は顔をしかめて、敦也の真意を測ろうとすると、彼が急に目を見開く。

「仕事上の付き合いじゃない！　つまり、男と女として……。由奈を俺だけのものにしたい」

由奈を自分のものにしたい？　男と女として？　それってひょっとして……。

瞬間、由奈の心に住む蝶が一斉に羽ばたいたように騒ぎ始めた。生まれた熱量はもの凄い勢いで広がり、身体がカーッと燃え上がっていく。

好きになった人から告白されるのがこんなにも嬉しいとは思いもしなかった。

由奈は目を輝かせて、敦也から告げられる愛を待ち望みながら彼を見返す。

「俺たちの間にはいろいろあった。あの日の朝、俺は由奈を傷つけてしまって居たたまれなかった。どうにかして償いたいと思いつつも、出張中だから動けなくて。だが、あの出来事があったから俺は君を忘れられなく――」

敦也の告白に歓喜に包み込まれていたのに、彼が続けた言葉で、頭上から冷たい水を浴びたような感覚に見舞われた。

それもそのはず、敦也があの日に二人が結ばれた件について償いたいと言ったからだ。

もしかして、私を傷つけたから付き合いたいと？ それは、ほしかった言葉じゃない！ ――と心の中で叫びながら、由奈は敦也と重ね合っていた手をさっと引き抜いた。

「由奈？」

敦也が眉間に皺を寄せて窺ってきたが、由奈は視線を逸らした。

愛があるわけじゃない。責任を取りたいだけなのだ。こんな酷い言葉で付き合いたいだなんて、受け入れられるはずがない。

「私、お断りします」

居たたまれなくなった由奈は、コテージへ逃げ出そうとする。しかし、腰を上げた敦也に行く手を阻まれた。

方向転換するものの、すぐに腕を掴まれて振り向かされる。

「もう……義兄への想いは吹っ切れたはずだ。これまで由奈と接してきたからこそ、君の態度と表情でわかってる。なのに、まだ忘れられないとでも言うのか?」

由奈は敦也の胸を押し返し、彼と距離を取ろうとする。ところがそうすることで、彼が一歩踏み出して迫ってきた。

敦也の圧力に負けて一歩下がると、また彼が由奈に攻め寄る。そうしてどんどん追い詰められ、由奈は背後の壁際まで押しやられてしまった。

横を向いて避けるが、由奈の顔の横に手をついた敦也に動きを封じられた。彼との至近距離に、身を縮こまらせる。

すると、敦也が由奈に覆いかぶさってきた。

「逃げないでくれ」

囁きに近い声で訴える。そこに懇願や不安の色が含まれているように感じて、由奈の心が揺らいだ。

でも、すぐに気を引き締める。

敦也が不安に苛まれているとしても、これだけは引けない。

何故わからないのだろうか。龍之介が問題ではなく、敦也の気持ちが問題なのだということを……。

理解してもらえないせいで、由奈はやるせなくなっていく。同時に鼻の奥がツンとして、涙腺が緩んでいった。

「俺は由奈を泣かせたいんじゃない。俺との関係を考えてほしいだけだ」

「無理です」

そう言い切ると、涙があふれ出してぽろぽろと落ちていった。

「……俺が嫌いか？　君を……傷つけたから」

「そうです！」

そう声を荒らげて、由奈はハッとする。

こんな風に感情的に言い返す自分に驚きを隠せず、目を見開いた。

龍之介に伝えたいことがあっても言葉を呑み込み、何も言わずに過ごしてきた。しかし敦也に対しては、なんでも言いたい衝動に駆られてしまう。

そこでようやく気付いた。

これが誰にも譲れない恋なのだ。自分を偽れないぐらいの本物の恋……。

由奈はおもむろに首を回し、息が触れ合うほど顔を寄せる敦也の目を見つめる。

「あの日、一夜を共にしたから責任を取りたいだなんて」

「……えっ？」

由奈が何を言っているのか見当もつかないのか、敦也が目を眇める。

そうされて、由奈は顎を上げて敦也を睨み付けた。

「肌を触れ合わせたからって、失礼にもほどがあります」

「肌を触れ合わせ？　それってどういう……あっ、ちょ、ちょっと待ってくれ。もしかして、俺が由奈とセックスしたと思ってる？」

あえて言葉を濁したのに、直接的な言葉で言われて、由奈の身体がぶるっと震えた。

「敦也さんが私に言ったじゃないですか。〝俺は由奈を傷つけてしまって居たたまれなかった。どうにかして償いたい〟って。それで付き合おうって言ったんですよね？私を侮辱しないでください」

由奈はあふれてくる涙を拭おうとはせず、余すところなく気持ちを吐き出す。

すると最初は戸惑った様子の敦也だったが、由奈が何を指しているのかようやくわかったみたいだ。彼の目に宿る光が、だんだん輝いてくる。

「何故怒るのか理由がわからなかったが、ようやく理解できた。好きだから付き合おうと言ったのではなく、由奈を抱いた責任で言ったと思ってるんだな？」

図星を指されて由奈は視線を逸らすが、敦也に顎を触れられて、再び彼を見るように顔を向けられた。

敦也と目を合わせた途端、遠くから聞こえる男女の笑い声や、子どものはしゃぎ声が遠くなっていった。

由奈は浅い呼吸を繰り返し、敦也に引き寄せられるまま彼を見続ける。

「順番に間違いを正していこう。まず一つ目。俺は翌日の飛行機が早かったために事前に部屋を取っていて、そこに由奈を連れていった。一夜を共にしたが、セックスはしていない」

「嘘です！　あの日、私はスカートを穿いていなかっ――」

由奈は当時を思い出すだけで頬が赤らんでくる。それを隠したいのに、火照りは収まらない。

「うん、それは俺が脱がせた」

「やっぱりそれって――」

「由奈がバーで寝入ってしまった時、自分のスカートにカクテルを零したからだ」

敦也が由奈の言葉を遮り、一気に話す。

由奈は口をぽかんと開けた。

お酒を零してしまった？　それで敦也が脱がせたということ？

「濡れたスカートを穿いていたら、下着にまで浸潤してしまう。さすがにそれをはぎ取るのははばかられたから、スカートだけ脱がせたんだ」

敦也の言葉が脳に浸透していくにつれ、由奈は自分がとんでもない間違いをしていたとわかった。

敦也は由奈に何かをしたわけではなく、助けてくれたのだ。

でも、それならどうして〝償いたい〟と言ったのだろうか。

「二つ目。確かに俺は素肌の上にバスローブを羽織っていた。あれは水をほしがった由奈に渡そうとした時に、君に手で払いのけられた。結果、俺に水がかかった。濡れたままでいるわけにはいかず、服を脱いでバスローブを引っ掛けた」

「わ、私のせいだったの!?」

まったく覚えていない。

由奈が愕然としていると、敦也が柔らかく微笑んだ。

「お酒を飲んだあとは喉が渇くもの。気にしなくていい」

聞けば聞くほど、自分の失態が恥ずかしくなる。

敦也は何もしていなかったのに、由奈は状況判断で勝手に彼を責め続けた。

ああ、なんてこと……。

「ごめんなさい。私、ずっと勘違いをして――」

「わかってる。そう思わせたのは俺だ。だから間違いを正していきたいと言った。これから話す内容が最後の三つ目になる」

最後の三つ目——と心の中で言いながら生唾をごくりと呑む由奈に、敦也が口を開いた。

「由奈に〝償いたい〟と言ったのは、俺に抱かれたと勘違いした由奈をその場に置いて帰ってしまった件だ。耳を塞いだ君に真実を伝えても信じてもらえないと思った俺は、時間を置こうと思った」

敦也はそう言って、由奈の頬を包み込む。

「そうすれば平静を取り戻し、俺の話を聞いてもらえると。でも間違っていた。由奈は……俺の周囲にいる女性とは全然違うからこそ、勘違いさせたままにするべきじゃなかった。それでさっき、償いたいと言ったんだ。決して義務からじゃない」

そこで敦也が、由奈の目を覗き込んだ。

敦也の双眸には、まぎれもない真摯な想いが宿っている。しかもそこにある光は輝いていた。

「由奈は、手に入れられなかった恋に囚われて苦しんでいた。そんな姿を見て、俺が君を癒やしてあげたいと思うようになった。由奈の全てに魅了されたからだ。そう思うぐらい……君が好きだ」

敦也から愛の告白を受け、由奈はむせび泣く。それは悲しくてではない。愛した人から愛を返してもらえる喜びに、心が震えたためだ。

「俺と付き合ってくれますか？」

敦也が軽く小首を傾げて問いかける。

由奈は声にならない嗚咽を漏らしながら、何度も頷いた。

「俺のことが好き？」

敦也が由奈の涙を指ですくい、優しく訊ねる。

「す、好き……。こんな風に、誰かを好きになるなんて……」

涙で潤むせいで、敦也の顔の輪郭がぼやけて表情が読み取れない。けれども、彼の口角が上がっているのはわかった。

つまり、由奈の告白に敦也は喜んでくれているのだ。

一瞬にして幸福感に包み込まれていく中、由奈はおずおずとした仕草で敦也の上着の裾を握った。

「もう敦也さんのことしか考えられない」

「由奈は俺と出会った当初から、心の内を見せてくれる。そういうところも好きだ。

これからも隠さず、なんでも俺に話してほしい」

「だったら、敦也さんも話してくださいね。だって私は、敦也さんがどう思っているのか、全然心を読み取れないから」

由奈が正直に話すと、何故か敦也は眉根を寄せて悩み出す。

「敦也さん？」

「うーん、言っておくが……俺が全てを晒したら、由奈は引くけど？」

「引きません」

敦也が何を考えているのか教えてくれるというのに、それで引く方がおかしい。

由奈が敦也を見続けると、彼が悠々とした動きで顔を寄せてきた。

「じゃ、言うけど……由奈の中にわずかにでも他の男性を想う気持ちがあるのは耐えられない。それが、由奈がずっと好きだった義兄でもだ」

「龍くんは――」

龍之介のことはもうなんとも思っていない。今は敦也への愛で、由奈の心は満たされている。

そう言うつもりだったのに、敦也が口づけをするように顔を寄せ、由奈の鼻の頭を自分の鼻の頭で撫で始めた。

親密な行為をされた上に、唇に敦也の吐息がかかったせいで、喉の奥が詰まって何も言えなくなる。

「正直に言えば、由奈が親しげに〝龍くん〟と呼ぶのさえ嫌だ」

明らかにされた、敦也の嫉妬。

些細な呼び方にまで、心を乱されていたとは思いもしなかった。けれども物心ついた頃がずっとそう呼んでいるので、今更変えられない。

「りゅ、龍くんの呼び方を変えるのは――」

無理――そう言おうとすると、敦也が不意に顔を傾けた。

「無理なんだな？　わかった。でもこれは譲らない。この唇は俺だけのものだ」

そう言うなり、由奈に口づけた。

瞬間、体内で膨れ上がっていた熱が燃え広がった。敦也の上着の裾を持つ由奈の指に力が入る。

激しくされたらテンパって何も考えられなくなるが、ゆったりとした動きで求められるせいで、唇に意識が集中していく。

「……っんぁ」

軽く顔を離して息継ぎをするが、その拍子に喘いでしまう。

それさえも敦也のものだと、再び唇を重ねられた。

ああ、こんな風に情に満ちたキスを続けられたらどうにかなってしまいそう。

由奈の下肢ががくがくして立っていられなくなってきた。敦也の上着を持つ手も震えてくる。

それを待っていたかのように、敦也の手が由奈の背中に回される。そうして支えてきた彼に、より一層深い行為を求められた。

由奈は敦也の腰に手を回し、彼が与えてくれるものを全て受け入れる。

そうして何度も唇を合わせたのち、ようやく敦也が満足して顔を離した。

しかし完全に距離を取るのではない。離れがたいのか、由奈の額に自分の額をこつんと触れ合わせた。

「引いた？……俺の嫉妬と独占欲が激しくて」

心臓がばくばくする中、由奈は「いいえ」と囁いた。

「引きはしません。でも、そんな風に思う必要はありません」

「いや、嫉妬してしまう。由奈がどれほど義兄を好きで、どれほど苦しい涙を流したのかを知ってるから」

こんなに敦也に夢中なのに……。

とはいえ、そう思うのも無理はない。由奈は臆面もなく龍之介への想いを涙ながら敦也に話したせいだ。

だったら、これから由奈の愛を敦也に伝えていけばいい。そうすれば、どれほど彼に心を惹かれてしまったのか、必ず伝わるだろう。

由奈は敦也のシャツを握り締めて最初の一歩を踏み出すと、踵を上げた。

「じゃ、次からは……喜びと幸せを感じるような涙を流させてください」

敦也の唇の傍で囁き、軽くちゅくっと唇を重ねた。

初めて自分からしたキスに、緊張と羞恥で心臓が早鐘を打つ。でもこんな風に愛を示したいと思った相手は、敦也ただ一人だ。

由奈が愛情を込めて目を細めると、敦也は由奈の背に置いた手をさらに上へと滑らせて、距離を縮めてきた。

「もう一回……」

敦也の声が感情的にかすれる。

それに身震いしながら、敦也の求めに応じようと顔を傾けたその時だった。

「本部長！　そろそろ撤収しましょう！」

コテージから嶋田の声が響き、由奈は唇が重なる寸前で動きを止めた。そしてあたふたして後ろに下がる。

そうだった。二人きりではなかったんだ！

大胆な自分の行動を思い出すや否や、羞恥で顔が真っ赤になっていく。

両手で頬を覆って恥ずかしさを隠すが、敦也はというと額に手をあてて天を仰いでいた。

「ああ、俺の失態だ。事前に二十時過ぎにはここを出ると伝えていたから」

「それなら仕方ありませんね」

せっかくなので、もう少し敦也と二人きり過ごしたい気分に駆られる。でも今は、彼と想いが通じ合ったと実感できただけで、良しとしよう。

焦ることはない。二人の時間はこの先もたくさんあるのだから……。

「行きましょう」

由奈は敦也と手をつなぐと階段に足を掛け、嶋田が待つコテージへ向かったのだった。

第五章

透き通った青空と白い雲が眩しくなってきた、七月上旬。

「夏本番の始まりだな」

敦也は陽射しを浴びながら、コクリョウパレスホテルの中庭を歩き、ビアガーデンの設営に追われる関係者たちを眺めた。

今夜から開催されるというのもあり、その場の空気はピリピリしている。

関係者たちは今も忙しく走り回り、木々などに飾られた電飾関連のチェックをしたり、ビールサーバーの不具合がないかを調べたりしていた。

大型テント内に作られた舞台では、毎日催しが行われる予定だ。そこも何人かのスタッフが確認作業中だった。

責任者から〝問題なく円滑に進んでいる〟と聞いていたとおり、傍目から見ていても順調なのがわかる。

敦也はにこやかに微笑みながら視察していたが、仕事に問題がないから機嫌がいいわけではない。由奈と両想いになって以降、毎日が幸せだったからだ。

由奈が義兄に夢中だと知っていたため、じっくりと距離を縮めていくつもりでいたのに、まさかこんなにも早くに由奈の心を手に入れられるとは……。

自然と清々しい気持ちになり、口元がほころぶのを止められない。すれ違う女性社員から挨拶を受けても笑みを絶やさなかった。

「ちょっと見た⁉　企画本部長が笑ってた！」

黄色い声が上がる。

本来なら仕事中だと注意もできたが、機嫌のいい敦也はそれをやり過ごして建物内に移動した。

このまま執務室へ戻り、アメニティ関連でお世話になっている提携先との会議に備える必要がある。しかし、コンシェルジュデスクが視界に入ると、敦也の足が止まった。

そこには由奈とボブショートの美女が座っており、二人とも客の対応をしている。

敦也はロビーを闊歩するホテルの利用客の邪魔にならないよう柱の傍へ行き、そこから由奈の様子を眺めた。

由奈と再会して以降、幾度となく仕事中の由奈を観察してきた。

だからこそわかる。これまでの由奈は営業スマイルを貼り付けていたが、敦也と付き合う直前ぐらいから、表情が柔らかくなっていたのを……。

いろいろと吹っ切れて、心が満ち足りたのだろう。

由奈は義兄に一途だったため、誰かと付き合った経験はない。しかし敦也に対しては、最初から素直な想いを伝えてくれた。

それに甘えて、かなり嫉妬していると暴露した。怖がらせるかと思いきや、彼女は敦也に寄り添おうとしてくれた。

由奈は、本当に敦也の予想の上をいく反応を示す。そのため、かなり翻弄されていた。

それがまた楽しくて、敦也は何度も由奈に心を射貫かれた。

そんな由奈が可愛くて、愛おしい……。

由奈は涙を流すほど初恋に苦しんだが、今は敦也が傍にいる。これからは自分が由奈を甘やかし、愛される悦びを与えたい。

幸せになれるように……。

これほど敦也の心を震わせる女性は、今までに誰一人いない。

したたかに振る舞っては、敦也の心を手に入れようとする女性ばかりだったので、それも仕方ないだろう。

但し、そういう女性が嫌いだったわけではない。大人の駆け引きを面白く思っていたのは事実だ。

そうはいっても恋愛はゲームだと思っていた。そこに執着はなかった。

なのに由奈と出会って、彼女の純粋な性格に胸を打たれた。

一瞬だった気がする。由奈が眠りながら泣く姿を見て、心を奪われたのは……。

きっとあの時から由奈の虜になったのだろう。

今夜は、由奈と初デートだ。彼女に告白してから仕事が立て込んでいたのもあり、電話をかける以外では、仕事中に話したり昼食を一緒に摂ったりしかできなかった。

だが、ようやく人の目を気にせず彼女に触れられる。

初デートなので、由奈を喜ばせたい一心でいろいろなプランを立ててはいるが、本音は彼女と二人きりでまったりと過ごしたいと思っていた。

どうしようかな——と由奈への想いに胸を熱くさせていた時、ポケットに入れていたスマートフォンが振動する。

液晶画面に表示された嶋田の名前を確認するや否や、すぐに通話ボタンを押した。

「もしもし」

『嶋田です。田辺製菓の担当者が参られました』

「わかった。今ロビーにいるから数分で着く」

『承知いたしました』

そう言って切ったのち、敦也は後ろ髪を引かれる思いで由奈を見つめる。けれども、すぐに前を向いて歩き、従業員専用のドアを開けたのだった。

＊＊＊

「どうぞお気を付けて行ってらっしゃいませ」

三十代ぐらいの女性の要望で、和食器で人気の老舗の店を紹介した由奈は、お礼を言う彼女に頭を下げて送り出した。

午前中のコンシェルジュデスクは、割とゆったりとした時間が流れていた。しかし午後になると次々にホテルの利用客が訪れ、由奈も忙しく動き回った。

ただ今日は早出出勤だったため、もうすぐ退勤できる。

たった今送り出したお客のデータを報告書にまとめ、それを情報データ部に提出する頃には、勤務時間が終わるだろう。

そのあとに待ち受けるのは、敦也との初デートだ。彼と一緒に過ごせると思っただけで、胸が高鳴ってくる。

というのも、敦也と付き合うようになったはいいが、彼が忙しくて恋人同士らしいことは何もしていなかったからだ。

もちろん仕事中に言葉を交わしたり、昼食に誘われたりしたので、ずっと会っていなかったわけではない。

でも正直な話、今夜は誰にも邪魔されずに二人でのんびりと過ごしたいな……。

由奈は敦也と過ごせる時間を待ち望みながら、報告書作りを始めた。

コンシェルジュデスクを利用したお客がどのようなことに興味があったのかを、明文化していく。

この報告書で、利用客の興味が見えてくるのだ。

それを情報データ部がまとめて、各部署が参考にする。ツーリズムチームもこれをもとにし、関東圏を駆けずり回っていた。

だからこそコンシェルジュデスクに座る由奈たちは、細かな情報を記さなければならない。

由奈は黙々と打ち込んでいき、情報データ部に送信した。

うーんと両手を突き上げて伸びをしたい気分を抑えて、時計を見る。

遅番の先輩との交代まであと十分ほどあった。

由奈はタブレットパソコンに入ってきた最新情報を見始めた。

やはり夏本番前というのもあり、かき氷のお店や、涼を味わえる和菓子屋についての紹介が多い。

前者は雑誌などではまだ紹介されていない写真映えがする店や新規にオープンした店などで、後者はどこか懐かしさを感じさせる店だ。

他には、グランピング施設もある。そこには敦也と一緒に確認しにいったところも入っていた。

グランピング、楽しかったな……。

そう思った途端、数週間前に敦也から告白された日のことが甦り、由奈の頬が上気してきた。

あの日、敦也と一緒にコテージに戻ったあとは嶋田の運転で帰京した。

その間、ずっと敦也に手を握られていた。

バックミラーで嶋田に見られるかもしれないと思うと胸がドキドキしたが、敦也の温もりに包まれるだけで心が満たされた由奈は、ずっと手を離さなかった。

本当ならもっと敦也といたかったが、嶋田の手前、家まで送ってもらったあとはそのまま別れた。

ところが一時間後に、敦也から電話がかかってきた。〝今夜は一緒に過ごしたかった〟とか〝由奈が俺の傍にいないのが辛い〟とか、これまでとは全然違う敦也の甘い会話に、由奈の胸は告白された時以上にときめいた。

正直、まだ付き合っている感覚は薄い。でも想いが通じ合っているからこそ、敦也の言葉に幸福感を覚えるのだろう。

姉夫婦もそうだったのかな……。

新婚旅行から帰ってきた姉夫婦の幸せな姿を思い出していた時、ロビーを闊歩する数人のグループが由奈の視界に入った。

そこにいたのはダークネイビー色のスーツを着た敦也と嶋田、そして三十代ぐらいの男女で、彼らはエントランスに向かっていた。

楽しそうに談笑しているところを見ると友人のような気もするが、相手が低姿勢で頭を下げているので、取引先相手なのかもしれない。

それにしても本当に格好いい。ロビーにいる二十代ぐらいの女性たちも、敦也に目が吸い寄せられている。

その人物こそ由奈の彼氏で、このあと彼と初デートをするのだ。

そう思うだけで、ドクンドクンと心拍が上がり、指の先まで熱くなってきた。

仕事に勤しむ敦也の後ろ姿に見惚れていたが、こちらに近寄ってくる男性の姿が視界に入り、由奈はそちらに意識を向ける。

にこにこする三十代の男性を見て、由奈は破顔した。

「古関さま」

すっくと席を立ち、がっちりとした体格のいい古関を出迎える。

「やあ、由奈ちゃん。今日もよろしく頼むよ」

由奈はにっこりして席を示す。古関が腰を下ろすのを確認して、自分も座った。

「いつもありがとうございます」

古関とはかれこれ一年以上の付き合いがあり、コンシェルジュとして何十回も彼に接してきた。

だからこそ、交代の時間が迫っても由奈自身が古関の手伝いをしたいと思い、彼を正面の席に促した。

古関は二十九歳の商社マンで、月に二回の割合で福岡から東京に出てくる。そのたびに、コクリョウパレスホテルに宿泊してくれるのだが、毎回コンシェルジュデスクに立ち寄り、スポーツチケットを取ってほしいと頼んできた。

スポーツ観戦が大好きな古関のために、由奈は野球や相撲、サッカーなどのチケットを取ったが、毎回きさくに話しかけては場を盛り上げてくれるので、二人の間の距離が自然と縮んでいった。

「今日はどのようなチケットをお求めでしょうか」

「さすが由奈ちゃん。ほぼ俺専用のコンシェルジュだ」

古関は嬉しそうに笑うが、すぐに居住まいを正す。

「実はさ、今……意中の女性がいるんだ。出張でこっちに出てきた時に知り合ってね。彼女をスポーツ観戦に誘いたいなと思って」

その話に、由奈は目を見開いた。

「本当に？」

驚く由奈に、古関は照れたように襟足を掻いた。

古関は爽やかでもあるし、相手を楽しませる話術にも長けている。

コンシェルジュの由奈に対しても、福岡の中洲でした失敗談や、クラブのママに熱を上げた話をしては笑わせてくれた。

こんなに素敵な人なのに、何故か〝今は女性はいいかな〟と言って趣味に走っていたあの古関が女性に興味を示すなんて、こんなに嬉しいことはない。

「なんでもおっしゃってください。お手伝いさせていただきます」

由奈は目を輝かせて告げると、古関が居住まいを正して軽く咳払いした。

「実は、彼女がどれぐらいスポーツが好きかはっきりしなくて。彼女と個人的な話をする機会があった時に〝僕はスポーツが好きだけど、君は？〟と訊ねたら、彼女は〝スポーツ全般が好き〟としか言ってくれなくて――」

「本当にスポーツが好きかわからない、そう思うんですね？」

由奈が言葉を続けると、古関が首を縦に振った。

「由奈ちゃんはどう思う？」

「まず、眼中にない男性から〝僕はスポーツが好きだけど、君は？〟と訊かれたら、興味がないって答えます。逆に気になる男性に訊かれたら〝好き〟とか〝興味があります〟って答えるかな？　どんなスポーツが好きなのか知りたいと思って」

やにわに、古関がほくほく顔でガッツポーズを取った。

「やった！　それって望みがあるってことだね！　だったら、何がいいかな。無難にプロ野球観戦？」

それがいいかもしれない。大声を出して観戦したければできるし、個人的な話をしたければそれもできる。お腹が空けば球場のフードコートへ行って、好きな食べ物の話もできる。一石二鳥だ。

「お互いに気を遣わずに楽しめるのでいいと思います。ただ外野席周辺ではなく、落ち着いて話せる内野席……バックネット裏あたりの方がいいかなと思うんですけど、どうでしょう？」

「由奈ちゃんの言うとおりだ。大声を出して応援するのも醍醐味だけど、そっちに夢中になったら、彼女は絶対に引くと思う」

由奈は古関の要望を聞いたあと、明日行われる試合のバックネット裏のチケットを取った。

「ありがとう！」

「いいえ。古関さまのお手伝いができて光栄です。どうぞ楽しんできてくださいね」

「上手くいったら、由奈ちゃんにも報告するから」

そう言って元気良く返事する。しかし、視線がついと横に逸れた彼の表情が、緩やかに消えていった。

「古関さま？」

いったいどうしたのだろうか。

由奈もつられて、古関と同じ方向に顔を向けようとする。

「由奈ちゃん、あの女性……おかしくない？」

「えっ？」

由奈は古関が見つめる場所に焦点を合わせる。そこのソファに座っていたのは、七十代ぐらいの女性だった。

細身の女性は、楽しそうにしている他の利用客と違って、しんどそうに俯いている。それだけなら歩き疲れて休んでいるのかと思うが、明らかに様子がおかしい。女性は何度も膝に置いた手を上げるが、その手はぷるぷる震えてすぐに力なく膝に落ちた。

「普通、あんな動作する？」

古関の独り言に、由奈は心の中で〝しない〟と答え、周囲に女性の家族がいないかと見回した。しかし、彼女を気遣う人物は誰一人いない。

ご家族を探すよりも、まずはあの女性に声をかけた方がいいかも——と由奈が腰を上げた瞬間、女性がそのまま意識を失うようにソファから崩れ落ちた。

「ええっ!?」

「お客さま！」

七十代ぐらいの女性が倒れても、周囲の人は何が起きているのかわからず呆然としている。

そんな中、古関が席を立って女性のもとへ走り出した。由奈は足元にある膝掛けを掴み、デスクを回ってあとに続こうとする。

「安積さん！」

接客中の野中が、由奈の名を叫ぶ。

「山口医師を呼んでください」

由奈はそれだけを伝えた。

山口とは、コクリョウパレスホテルの医務室に常駐している六十代の男性医師だ。

野中が頷くと、由奈は年配の女性が倒れた場所へ走り出した。

既に異変に気付いたホテルの利用客が、女性の周りに集まり始める。

「すみません！　すみません、通してください！」

人を掻き分けて前へ進み、膝をつく古関の横にしゃがみ込んだ。

「僕の声が聞こえますか？」

古関は決して声を荒立てず、床に倒れた女性に優しく声をかける。

「お客さま、お客さま。私の声が聞こえますか？」

古関に合わせて、ぴくりとも動かない女性に言いながら、乱れた足元と腰に膝掛けを掛ける。そして彼女の肩に触れて顔を近づけた。

呼吸音はするが、一向に目を覚まさない。

「救急車を呼ぶのがいいかも……」

古関の呟きに、由奈が同意したその時だった。

「すみません、通してくださいますか」

男性の声が聞こえてそちらを見ると、白衣姿の山口医師と五十代の男性フロントマネージャーが現れた。

由奈はすぐさまどういう状況なのか山口医師とフロントマネージャーに伝え、現場を明け渡す。古関も立ち上がって由奈の隣に移動した。

「医師が到着しましたので、あとは私どもにお任せください」

ホテルの利用客に迷惑をおかけしたことを詫びて、由奈はその人たちを誘導する。

今もざわついていたが、医師が診ているのを見て安堵したのか、ホテルの利用客は蜘蛛の子が散るように去っていった。

由奈の背後では、フロントマネージャーが携帯電話で救急車を要請している。早急に専門医師に見せた方がいいという判断なのだろう。

ここからほど近い場所に消防署がある。ものの数分で、救急車が到着するはずだ。

良かった——と胸を撫で下ろしたのがいけなかったのか、気が抜けてふらついてしまう。

そんな由奈を、古関が肩を抱いて支えてくれた。

「大丈夫か!?」

「はい。ありがとうございます」

思ったより、不安だったのかもしれない。

女性の不可解な動きを見てしまったから……。

「どこかに座って、気持ちを落ち着かせるのがいいんじゃ？」

古関が気遣ってくれているのはわかるが、由奈は小さく頭を振り、必死に女性を診る山口医師たちに目線を落とした。

「私だけ休めません」

「だけど、まだふらついている」

由奈を心配した古関が、由奈を支える腕に力を込める。偶然、彼の胸の中へ引き寄せられる形になった。

「すみません。でも本当に大丈夫ですから」

これ以上、古関に甘えていてはいけない。

由奈は感謝を込めて微笑み、姿勢を立て直そうとした。

その時、ちょうどエントランスから敦也が急ぎ足で来る姿が由奈の目に映った。

敦也の顔を見ただけで、由奈の心に安堵に似た喜びが広がっていく。でも彼は、由奈を認めるなり表情を強張らせた。

いったいどうしたのだろうか。

由奈は眉をひそめて、近寄ってくる敦也を眺める。

「何があった？」

敦也が由奈の肘に手を添えて、そっと彼の傍へ引っ張る。

重心を失って一歩前に踏み出した由奈は、敦也を見上げた。彼はこの状況を把握できていないのだ。

倒れた女性を介助する山口医師を見て、再び敦也に目を向ける。

「実は――」

そう言って、何があったかを説明した。現在の状況も話した頃、遠くから救急車のサイレンが聞こえてきた。

「これで安心ですね」

「ああ、だが……何事もなければいいが」

敦也はそう言って古関に会釈したあと、数歩で山口医師に近づき膝をつく。

「国領です。女性の容体は？」

「脳梗塞の可能性があります。彼女から手が震えていたということと、ソファから崩れるように意識を失ったという話を聞いて……。それで救急車を呼びました」

「正しい判断だと思います」

そう言った直後、エントランスの自動ドアが開き、ストレッチャーを押す救急隊員たちが入ってきた。

真っすぐこちらに向かい、山口医師が救急隊員に起こった経緯などを説明する。敦也はフロントマネージャーに何かを指示し、彼をフロントに戻させた。そして、ストレッチャーに女性をのせて移動する別の救急隊員と一緒に外へ向かう。

由奈は女性の所持品を掴んであとを追おうとするが、まだ古関が傍にいることに気付いた。

「古関さま。お忙しいのに、付き添ってくださってありがとうございました。あとは私どもにお任せください」

「うん、その方がいいね。……なんとなく」

なんとなく？

由奈は小首を傾げるが、古関はただ肩をすくめるのみ。

「お目当てのチケットは取れたから、僕はここで失礼するよ。あのおばさんも専門のお医者さんに診てもらえるからもう安心だし。……じゃ、何かあったら気軽に部屋に電話をかけてきて」

素早く部屋番号を告げると、古関は笑顔で手を振ってエレベーターホールに歩いていった。

由奈は古関の言葉が理解できなくて、考え込みそうになる。しかし手にしたバッグに気付くと身を翻し、先に向かった救急隊員を追いかけた。

エントランスには、救急車が停まっている。

そこには救急隊員の他に山口医師と敦也もいて、何やら話し込んでいる。その横で、別の救急隊員が開けられたハッチバックを閉めようとしていた。

つまり、出発するという意味だ。

「ま、待って!」

由奈は走る速度を上げる。でもそれがいけなかった。

救急車のハッチバックから三メートルほどのところにある段差に足を取られ、つんのめってしまう。

「キャッ！」

由奈の身体が前方に倒れていく。

このままでは、ハッチバックが開いた救急車のマフラー部分に顔から突っ込んでしまうが、もう避けられない。

ぶつかっちゃう！――そう思った瞬間、由奈は瞼をぎゅっと強く閉じた。

「危ない！」

顔に激痛が走るのを覚悟したが、それとは別の衝撃を受ける。

「大丈夫か!?」

耳元で敦也の声が聞こえて、由奈は恐る恐る目を開けた。なんと敦也の腕に抱かれていた。

由奈が転げる前に、敦也が助けてくれたのだ。

「ありがとうございます。敦也さんは大丈夫ですか？」

「……ああ。由奈が大丈夫ならそれでいい」

敦也がそう言うが、なんだか彼の様子が少しおかしい。いつもと違って顔をしかめている。

「敦也――」

「大丈夫ですか？」

救急隊員に声をかけられて、敦也が小さく頷いた。

「はい、問題ありません。では、何かありましたらご連絡をお願いいたします」

敦也が返事する。それを受けた救急隊員が、再びハッチバックを閉めようとした。

由奈は、慌ててその救急隊員に女性の荷物を差し出す。

「女性の荷物になります。よろしくお願いします」

救急隊員は「すみません」と言って荷物を受け取り、ハッチバックを閉める。そうして救急隊員が全員救急車に乗ると、サイレンを鳴らして発車した。

救急車が視界から消えると、由奈はそこに立つ山口医師と敦也に向き直った。

「君はコンシェルジュだね」

「はい、安積と申します」

朗らかな表情で笑いかけた山口医師に、由奈は背筋を伸ばして挨拶した。

「私に連絡を入れてくれた野中さんから聞いたよ。君が機敏に動いてくれたから、先ほどの患者は迅速に専門医師に診てもらえる。ありがとう」

「とんでもないです。……あの女性が無事ならいいんですけど」

由奈はどんどん遠ざかるサイレンの方へ顔を向けた。

「大丈夫だよ。処置が早ければ、回復する確率も高くなるから」

山口医師が由奈を安心させるように笑顔で頷く。そんな彼に、敦也が「山口医師」と声をかけた。

「先ほどの女性が宿泊客なのかどうか、フロントマネージャーに調査をさせています。あとのことはこちらで対応いたします」

「そうだね。じゃ、あとはよろしく頼む」

山口医師は歩き出し、ホテルに入った。

敦也と二人きりになった途端、敦也の隣にいるだけで身体中のあらゆるところが芽吹いていく。

「私たちも戻りましょう」

由奈は敦也を見上げる。でも彼が顔を苦悶に歪ませているのを見て、息を呑んだ。しかも彼は、右肘の下を左手で押さえている。

「あ、敦也さん？　どうされたんです⁉」

もう一度敦也が手で押さえる部分を見る。

そういえば、由奈を助けてくれた直後に敦也が顔をしかめていた。どうしてすぐに気付かなかったのだろうか。

「敦也さん！」

咄嗟に敦也の腕を掴んで、彼を支える。

「大丈夫、少し痛むだけだ」

「ごめんなさい。私を助けたせいですよね？　本当に……ごめんなさい」

「これぐらいなんともない」

本当なら上着を脱がせ、シャツの袖を捲って確認したい。しかし公共の場でそんな真似をすれば、彼に迷惑がかかる。

それならば、敦也を医務室へ連れていくに限る。

「山口医師に診てもらいましょう」

「いや、大したことはない。自分で冷やせば大丈夫。湿布やコールドスプレーが、確か部屋にある――」

「だったら、私が手当てをします！」

由奈が宣言する。ただ言葉を遮ったせいで、敦也が目を見開いた。

しばらくの間じっと見つめられるが、由奈は敦也の腕を掴む手に力を込め、引かないと伝える。すると、敦也の目元が緩んでいった。

「じゃ、お願いしようかな」

その言葉に、由奈の胸に安堵と喜びが広がっていった。

「任せてください。さあ、行きましょう」

由奈は敦也をエントランスへ誘導する。そうしながら周囲を見回して、小首を傾げた。

敦也の傍にはいつも嶋田がいるのに、彼がいない。ロビーを歩いている時は傍にいたのに、由奈のところへ来た時は、敦也一人だった。

いったいどうしたのだろうか。

「あの、嶋田さんは？　姿が見えないんですけど」

「今、外に出てもらってる。俺はこれで仕事終わりだから、嶋田と会うのは明日だな。彼に用事か？」

「いいえ。敦也さんと一緒にエントランスへ向かったはずなのに、敦也さんがこっちへ戻ってきてから嶋田さんの姿を見ていないな……と思って」

由奈が敦也に向き直ると、彼は額に汗をにじませつつも嬉しそうに笑った。

「もしや、仕事中にもかかわらず俺をこっそり眺めてた？」

「えっ？　あっ……」

敦也から目を逸らせなくなっていたことがバレてしまい、由奈の頬が羞恥で紅潮してくる。

気まずさが込み上げるが、敦也の額ににじんだ汗がこめかみへと流れるのを見てドキッとする。

「早く行きましょう」

由奈は彼を急き立てた。

ロビーを通り抜ける際、ちらっとコンシェルジュデスクを確認する。そこには由奈と交代予定だった立花が、もう既に座っている。

良かった、このまま下がっても大丈夫そう――と思っていると、こちらを向いた立花と目が合う。

立花は素早く腕時計を示し、小刻みに頷く。上がっていいという合図だ。

由奈は挨拶の意味を兼ねて頭を下げたあと、ロビーを通り抜けて従業員専用のドアを開ける。だが、敦也が途中で立ち止まった。

「どうされたんですか?」

「もう退勤の時間が過ぎているだろう?」

「はい」

どうして訊くのだろうか。今は、敦也の治療が先なのに。

「俺に治療をしてくれるのなら、先に帰る用意をしておいで。勤務時間が終わってるのに退勤していないとなれば、のちのち面倒だ」

そう言われて、由奈はぐうの音も出なくなる。敦也の言葉はもっともだったからだ。でも退勤の準備をすれば、それだけで治療が遅れる。

由奈は敦也が怪我をした右肘の下を見ると、彼がそこから手を離した。

「大丈夫。徐々に痺れが取れてきてるから。さあ、帰り支度をしておいで」

「わかりました。では、すぐに戻ってきますね。執務室で安静にしていてください」

由奈は敦也の腕から手を離すと、彼が向かうべきエレベーターホールとは反対に向かって歩き出そうとする。

「ちょっと待って」

急に腕を掴まれて、由奈は振り返った。

「終わったら執務室ではなく、二二〇一号室に来てくれ」

敦也の言葉に由奈は眉根を寄せる。二十階以上はデラックススイートルーム以上の部屋がある。

何故執務室ではなく、そこに来てくれと言うのか。

「待ってる」

敦也は呆然とする由奈に背を向け、先ほど通ってきた従業員専用のドアを開けて出ていった。

敦也の行動は腑に落ちないが、とにかく早く彼のもとへ行くことだけを考えて、急ぎ足で部署に戻った。

上司に挨拶して退勤の準備をする。その後は客室へ通じるエレベーターに乗った。

二十二階で降りた由奈は、ホテル関係者でありながらラグジュアリー感満載の廊下にどぎまぎしつつ、ブラウンの絨毯の上を進む。そして、敦也に言われた部屋番号の前で立ち止まり、チャイムを押した。

「由奈です」

数秒後に、敦也がドアを開ける。

「入って待ってて」

そう言うが顔を出さない。口調が早かったので、どこか慌てている風に聞こえた。

少し間を開けるべきなのかなと思い、由奈は数秒待ってからドアを押した。

「失礼します」

おずおずしながら、デラックススイートルームを覗き込む。

リビングルームには、温かみのある木材のローテーブルを囲むようにして三人掛けのソファと一人掛けのソファが見える。その前には、巨大なテレビが壁に掛けられていた。

ホテルのホームページに載っているとおりの内装だ。窓辺には大きなデスクが配されているが、そこは既にノートパソコンと書物で埋め尽くされている。

ローテーブルには関東の情報誌や旅行雑誌、経済紙が載っている。まるでここに住んでいるみたいに、私物があふれていた。

この部屋はいったい？

由奈は目をぱちくりさせて、十六畳ほどのリビングルームを見回す。

「敦也さん？」

声をかけても返事はない。

ここに敦也がいないとなれば、考えられるのは、そこのドアを開けた向こうにあるベッドルームか、バスルームだろう。

そちらに目が吸い寄せられた時、ベッドルームに続くドアが開いて敦也が現れた。

「悪い。電話の途中だったんだ」

敦也は上着を脱ぎ、ネクタイも外している。とてもリラックスした状態で由奈に近づいてきた。

「あの、このお部屋って……？」

部屋の存在が気になり、再び私物の多い室内をきょろきょろする。

そこで由奈は、あることに思い至ってハッとする。

もしかして、敦也さんはここで暮らしてるの？　――そう問うように、敦也に顔を向けた。

「ひょっとして〝ここで暮らしてる？〟って思った？」

敦也は由奈の考えをいとも簡単に読み取り、おかしげに片眉を上げた。

由奈が素直に頷くと、敦也は由奈に小さな箱を差し出す。それは救急箱だった。

そうだった。部屋の件より怪我の手当てが先だ。

由奈が救急箱を受け取ると、敦也が由奈を傍のソファへ誘う。

「半分当たりで、半分は違う」

「えっ？」

敦也にソファに座らされる。彼も由奈の隣に腰を下ろしてこちらに身体を向けた。

「日本に戻ってきた時、まずは仕事に集中しなければと思って年間契約で借りたんだ。スケジュールが詰まっている日はここに泊まるが、普段は自分の家……マンションに戻ってる」

「そうだったんですね。納得しました」

「うん。だから、ここには由奈を連れ込む予定はなかった。でも救急箱はこの部屋にしかなかったから。ということで、俺が由奈を騙して部屋に引き入れて、君に触れようと計画を立てたと思わないでほしい」

「私に触れる？ ……そ、そんな風には思ってません！」

敦也の言葉が何を指しているのかわかると、由奈は慌てて否定した。

「本当に？」

「本当です！」

敦也になら何をされてもいいと思っているので、あえて邪推なんてしない。だがそれを言うと、誘っていると取られかねない。

由奈はこの話はここで終わりだと伝えるように口を閉じ、救急箱をローテーブルに置いて上体を捻った。

「袖を捲りますね」

「うん」

敦也が素直に腕を差し出す。

由奈は軽く上体を屈めると、敦也の袖のカフスボタンを外し袖口を捲っていった。

「あっ……」

既にそこは赤紫の痣ができ、その中心は少し裂傷をしていた。しかし、それほど深い傷ではない。とはいえ、かなり強い衝撃を受けたはずだ。

「痛むでしょう?」

由奈は頬を引き攣らせて敦也を窺う。なんと彼の顔からは、苦痛の色がかなり消えていた。

幾分症状がマシになったのかもしれない。

「良かった。エントランスで見た時よりだいぶ顔色が良くなっていて」

「言っただろう?　徐々に痺れが取れてきてるって」

怪我しているのは敦也なのに、彼は由奈を心配させないために怪我をしていない手で頭を撫でてくる。

このまま敦也に甘えていてはいけないと思い、由奈はローテーブルに置いてある救急箱を手元に引き寄せた。

「まずは消毒して……」

てきぱきと怪我した箇所を綺麗にし、コールドスプレーでアイシングを行った。とにかく炎症と腫れの軽減に努めた。

「本当だったら、山口医師に診てもらうのがいいんだけど」

そう言って敦也の袖を下ろし、カフスボタンを留めようとする。

「男なら、これしきの打ち身はしょっちゅうある。なんともない」

「でも、きちんと薬を出してもらった方が――」

「薬なら目の前にある」

「どこに？」

カフスボタンを付けていた由奈が面を上げると、敦也が顔を寄せてきた。

「敦也さ……っんぅ」

顔を傾けた敦也に唇を塞がれた。ちゅくっと音を立てては吸い付かれる。たまらず彼の手首を掴んで、身を震わせた。

そうして敦也が由奈を味わい尽くすと、名残惜しげにゆっくりと顔を離した。

どうして急にキスを？――と目を開いて問いかける由奈に、敦也が至近距離で優しく微笑む。

「由奈のキスで、痛みなんてものは全部吹き飛ぶ。これが俺を元気にさせてくれるんだ」

再び顔を寄せて、由奈の唇をついばんだ。スイーツを味わうかのように舌で舐め、何度も唇を味わう。

由奈の体温が一気に上昇していく。頬も上気して、鼓動も弾んだ。

キスの途中で熱が籠もった息を吐き出しては由奈を求める敦也だったが、ようやく軽く下唇を噛んで顎を引いた。

ところが解放はしてくれない。由奈の頬を指でなぞり、顎の下を撫でる。

「あっ……」

顎を上げさせられた由奈は、愛情を瞳に宿す敦也をうっとりと見つめた。

「由奈は俺にとって、誰の代わりにもならない大切な女性だ」

「本当に？」

「ああ、本当だ。ただ、大切な女性だからこそ俺を不機嫌にもさせられるんだというのもわかってる？」

上機嫌だった敦也の声のトーンが下がり、やや表情が曇る。

「私に敦也さんを怒らせられると？」

そんな話は信じられないと笑う。でも、一向に敦也が態度を変えないので、次第に由奈は眉根を寄せた。

「今の話は、本当なの？」

「……ロビーで由奈を抱いていた、あの男は誰？」

話題ががらりと変わって、一瞬目が点になる。

由奈を抱いていたって、いったい誰がそんな真似をしていたというのか。

「あの、どなたかと間違っていませんか？　私は誰にも抱かれていませんけど」

「ほんのついさっきの出来事なのに、忘れた？」

「ついさっきって、私は倒れた女性を介助したあとは、山口医師に状況の説明をしていたんですよ。そこに敦也さんが現れて私を――」

とそこまで言って、つい十数分前の出来事が脳裏に浮かんだ。

違う。由奈の傍には古関もいた。彼は確か、ふらついた由奈を支えてくれた。

そのあとは敦也が現れて、何故か社員の目があるにもかかわらず、由奈の腕を取って彼の傍へ引き寄せた。

敦也らしからぬ態度に驚いたが、あの時はそれどころではなく、その感情はすぐに頭の中から消えた。

もしかして、敦也があいう行動を取ったのは、由奈を助けてくれた古関に嫉妬をしたからとか？

由奈は目をぱちくりさせて、敦也を凝視する。

そうされて、敦也は居心地悪そうに顔を歪めるが、決して由奈から目を逸らさない。

古関と深い関係だったら許さないと訴えていた。

由奈が誰かを好きになれば、その人に一途になると知っているのに……。

「もしや、彼との間に何かがあった……ってことを、俺に知られたくない？」

「ちょ、ちょ、ちょっと待ってください。いったい何を――」

敦也の顔の前に手を出して、戸惑いも露わに目を見開いた。そんな由奈の手を彼が取って胸に引き寄せる。

「あっ！」

上体が前に倒れる。由奈は反射的に敦也の膝に手をついて身体を支えた。

「嘘は吐かないでくれ。騙されるのだけは我慢ならない」

「騙しません！　彼は……古関さまはホテルの常連客の方です」

はっきりと告げる由奈に対し、敦也はまだ納得がいかない様子で、由奈を訝しげに見つめる。

「古関さまはスポーツ観戦がお好きな方で――」

それを皮切りに、古関がうちのホテルを利用するたびにコンシェルジュデスクを利用してくれていると伝える。それで自然と親しくなったが、仕事以外のところでは接点がないとはっきり告げた。

「今日もコンシェルジュデスクに古関さまがいらっしゃって、要望を受けてチケットを取ったんです。……仕事先で知り合った女性とデートするために」

「デート？」

ずっと黙って聞いていた敦也が、ここで初めて反応を示す。

由奈は頷いたのち、さらに古関が脳梗塞の疑いのある年配女性を最初に発見したと続けた。

「古関さまに続いて私も走り、女性を介助しました。でも女性の意識が全然戻らなくて。私は焦っていたんだと思います。山口医師の到着で安堵したら、急に力が抜けてしまって……。それを古関さまが支えてくれました」

由奈は素直に話す。

「だから、古関さまとの間には何もありません。……わかってくれました？」

由奈の話を聞いていた敦也は、申し訳なさそうに眉根を寄せた。

「俺の早とちりだった。悪かったよ。まさか、そういう事情だとは思わず、現場を見た瞬間、俺の中で嫉妬が湧き上がった」

顔を歪ませて自嘲する敦也を見て、由奈は首を横に振った。

「そんな風に感じたってことは、私を大切に思ってくれているからですよね？　嬉しい」

敦也の由奈への想いが強いからこそ起きた出来事なだけに、全然不快感はない。彼の深い愛情を知れて、由奈の心は躍っていた。

敦也の心は自分だけに向けられているからだ。

「独占欲のみならず、嫉妬まで感じるなんて……。こんなに心を乱されたのは、人生で初めてだ」

敦也が力なく息を吐き出してうな垂れる。

じっとして動かない敦也が気になり、由奈は彼の顔を下から覗くように首を曲げていった。

「敦也さん？」

由奈が名前を呼ぶと、敦也が顔を上げる。

真摯な想いが宿る双眸を向けられて、由奈は小さく息を吸い込んだ。

「俺をこんな風に変えさせた相手は、由奈以外誰もいない」

「それって、いいこと？」

敦也の目つきに胸を高鳴らせながら、由奈は訊ねる。すると彼が、距離を縮めてきた。

「ああ。それぐらい由奈に魅了されてる。俺の人生を賭けて由奈を大切にすると約束する。だから由奈も、君の全てを俺に捧げてくれる？　もっともっと……由奈がほしい。いい？」

湿り気を帯びた吐息で唇を撫でられて、由奈は身震いしてしまう。

ほんの軽く顎を上げれば、自らのキスで〝私の全ては敦也さんのもの〟と返事ができたが動けなかった。

すると敦也がキスをするかのように、由奈の唇の上で息を吸う。背筋を這う疼きにかすかに唇を開くが、敦也は由奈に口づけなかった。

代わりにお互いの頬を触れ合わせて、由奈の耳に音を立ててキスした。

我が身を襲う快い刺激に耐えようとするが、敦也の膝に置く由奈の手は小刻みに震える。

敦也からもたらされたものは、それぐらいとても甘美だったのだ。

「返事をくれないのか？　俺に全てを捧げたくない？」

耳元で囁かれて、一段と感じさせられる。由奈は返事をしたくても声が喉の奥で詰まって出せなかった。

すると敦也が由奈の背中に片手を回し、彼の方へ引き寄せた。

「由奈の口からきちんと聞かせてほしいな」

二人の間に隙間ができないほど抱きしめられて、懇願される。そうされるのが嬉しくて、由奈は敦也の背中の手を置いた。

「俺のものになってくれる？　心だけでなく、この身も……」

敦也のひたむきな想いに、照れないわけがない。でも由奈の方が、彼と深い縁を持ちたいという衝動に駆られていた。

好きだから、愛しているから……。

由奈は自然と瞼を閉じ、脳裏に浮かぶ敦也を見つめ返した。そして目を開ける。

「敦也さんと恋人同士になってからはずっと……私は全部を敦也さんに捧げてます。もう心は一つにつながっています」

由奈の声がかすれるが、はっきりと伝える。

敦也がおもむろに顔を離し、ふっと口元をほころばせた。

「由奈は本当に――」

何かを言いかけて、敦也は小さく頭を振る。

由奈に伝えたい言葉はわからなかったが、彼がすぐに由奈と目を合わせた。

「今日の初デートだが、予定変更していい？」

「もちろんです」

由奈を喜ばせようと、いろいろ考えてくれていたかもしれない。でも予定を変更しても、それもまた初デート。

何より、敦也と一緒に過ごせることが由奈にとって大事なのだ。

由奈は敦也の背に回した手を下ろしていき、腰のあたりのシャツをきつく握る。

「本当に？　いろいろと計画を立てていたのに、変更してもいいと？」

由奈は素直に頷いた。

「敦也さんと一緒に過ごせるのなら、どこであっても嬉しい」

「今日はそういうつもりじゃなかったのに、このまま由奈の手を取って……二人でしかできないことをしたい。そう言っても？」

敦也が由奈の頬を指で撫で、唇に優しく触れた。意味ありげになぞられて、そこが震える。

由奈が誘うような息を漏らしてしまうと、敦也の瞳が輝いた。

「柔らかいここに、何度も何度もキスしたい。そこがとても甘くて、身が蕩けるほど俺を掻き立てると知ってるから」

敦也は胸の内を吐露して、由奈に片手を差し出す。

そう言って、敦也が先ほど開けて出てきたドアに目線を動かす。そちらにあるのは、ベッドルームだ。

「俺の手を取って」

敦也の望みが、由奈を〝ベッドルーム〟に招き入れたいというものだと伝わるや否や、由奈の血が滾り、その熱が全身に駆け巡っていった。指の先までじんじんとして火照り、耳の奥に膜が張ったようになる。

敦也の息遣いさえも聞こえなくなるのに、由奈の目は彼に釘付けになった。

敦也はきちんと言葉にしてくれた。

由奈が恋愛初心者だとわかっているから、自分の心と向き合える時間を作ってくれたのだ。

こんな風に由奈を愛してくれる人に、我が身を捧げたい……。

由奈がおずおずと手を伸ばして敦也の手を取ると、彼が握り返してくれた。

敦也は由奈の手を引いて立ち上がり、由奈をそちらへと誘う。

ドアを開けた敦也と一緒にベッドルームに入るなり、由奈の手を離す。彼が上体を屈めたと思いきや、由奈の背中と膝の裏に腕を回して勢い良く抱き上げた。

「きゃあ！」

驚いた由奈は、慌てて敦也の肩に手を添えた。

「何も考えなくていい。俺だけを感じて。俺を信じて……身を任せて」

敦也は由奈の鼻に自分の鼻を擦り合わせて、甘い声で囁く。

由奈の芯が急に重くなったかのように疼き、呼吸のリズムも速くなってきた。たまらず瞼を閉じるが、お尻に伝わってきた柔らかな感触に再び目を開ける。

由奈はキングサイズのベッドに座らされていた。

ベッドに手をついた敦也が、悠々とした所作で距離を縮めてくる。それを見つめながら由奈は肘を曲げていき仰向けになった。

「愛してるよ、由奈……」

敦也は由奈の額にかかる髪を横へ流し、こめかみへと指を這わせる。由奈の頬を手のひらで包み込むと、唇を重ねた。

「っん……」

敦也の口づけを受け入れると、由奈は彼の首の後ろに手を回す。それが彼に火を点ける。

徐々に由奈を求める情熱が燃え上がり、敦也は由奈の唇を貪り始めた。

好き、好き……！

敦也に合わせて、由奈も想いを伝える。

二人の体温が上昇していくにつれて、敦也が由奈のシフォンのブラウスに手をかけた。しゅるしゅると音を立ててボウタイを解き、順番にボタンを外していく。

素肌に触れる空気を感じるにつれて、由奈の四肢の力が抜けていった。

展翅された蝶のように身動きできなかったが、敦也の愛情が籠もった双眸を目で追いかける。

「俺だけの由奈……」

そう言って由奈の頬に顎に、そして露わになった首筋にキスした。

由奈は胸の高鳴りを感じながら、敦也に身も心も捧げる。この日、初めて愛される悦びに包まれたのだった。

第六章

学生たちが夏休みに入り、コクリョウパレスホテルも子ども連れの家族が増えてきた。透き通るような青空は見ていて気持ちがいいが、朝からどんどん気温が上昇し、昼を過ぎれば三十五度近くなる。

今日も同じだった。

十四時を回った現在、三十六度を超えていて、外はとても暑そうだった。

敦也は執務室の窓から望める景色を眺めていたが、ロールスクリーンを下ろして室内に入る陽射しを遮断する。

「午後の予定はどうなっていた？」

振り返り、デスクの上で資料を揃えていた嶋田に訊ねた。

「会議などのスケジュールは一切入っておりません。もうすぐツーリズムチームから新たなリストが届けられるので、ゆっくりとチェックされてはどうでしょうか」

「そうだな……。久しぶりにカフェに行って、資料をチェックしながら利用客の話題に耳を傾けるのもいいかもしれない」

敦也の話に、嶋田が笑顔で頷く。

十五時過ぎぐらいにカフェへ行けば、チェックインを終えた宿泊客や、ふらりと立ち寄ってくれた観光客が休憩しているだろう。

「一時間後にカフェに行く」

「承知いたしました」

敦也はデスクの椅子に座り直し、あがってきた企画案をチェックし始める。

来年の新規プロジェクトについて、現状分析、全体像、具体的な内容が書かれているが、どれもこれも目を引くものはない。

「これが部署内の会議で通ったのか？」

敦也が嶋田に向かって問いかけると、本棚の前に立つ彼がこちらに顔を向けた。

「ですが、その中から一筋の光を探し出すのがお得意でしょう？」

嶋田の言葉に、敦也は苦笑いした。

嶋田は敦也のアシスタントに就いてから、毎日傍で仕事に携わっている。つまり、敦也がどういうやり方で難題を乗り越えていくのかを熟知していた。

そのため、敦也は何も言わずにただ小さく頷く。

「さあ、やるか」

そう言って、キーボードに手を置いた時、敦也の携帯電話に電話がかかってきた。

液晶画面に表示された親友の名前に、敦也は胸を躍らせて通話ボタンを押した。

「俺だ」

『今、大丈夫？』

「ああ。それより、裕司が連絡をくれたってことは、もう用意が？」

『そのとおり！』

意気揚々と答える男性――寺元裕司とは小学時代からの付き合いがある同級生で、親友関係は今も良好だ。彼はジュエリーデザイナーとして彼の父親が経営するジュエリー会社で働いている。

そんな裕司と親しくしていても、これまで一度として彼に特別な頼みをした覚えはない。でも今回は、無理を承知で彼に頼み込んだ。

敦也のためにエンゲージリングを作ってくれないかと……。

それは、由奈と一夜を過ごした翌日のことだった。

二人で過ごした甘い夜を思い出すだけで、体内の血が滾ってくる。まるで青春真っ只中のティーンエイジャーみたいだ。

既に落ち着いた年齢に達しているのに、由奈が絡むと自制できない。

『――おい、聞いてるのか？』

裕司の声に我に返った敦也は、苦笑いする。

「聞いてるよ」

『本当か？　僕は〝悪い〟と言ったのに？』

悪い？　何を言って謝ったのだろうか。

敦也が小首を傾げる横で、嶋田が静かに礼をして執務室を出ていく。

「悪いって何が？」

嶋田を目の端で捉えながら、敦也は訊ねた。

『ほら、僕の話を聞いてなかった。聞いていたら、今みたいに悠長な返事をしていられないはずだから』

「何か問題が？　俺が頼んだデザインでは……無理だと？」

『いやいや、それは問題ない。クオリティの高いダイヤモンドが入ったし、彫金師も細かい作業が得意な者に作ってもらっている。敦也の要望を聞いて作った、僕のデザインを覚えてる？』

「ああ」

『それがそのまま反映される予定だ』

今の話だと、裕司が謝らなければならない要素など一つもない。だったら、いったい何があったというのか。

「悪い。裕司の話を聞いていなかった。どうして俺に謝った?」

敦也が訊ねると、裕司が言いにくそうに声を詰まらせる。

『そう何度も言いたくないんだよな。でも伝えておかないと……。あとあと面倒なことになりそうだとわかってるから』

だんだん声が小さくなっていく。そこに裕司の迷いが表れていた。

「裕司?」

『ああ、もう! 言うぞ? もう一度言うからな。聞き逃したら、二度と言わないからな』

「それはわかったから。さあ、言ってくれ。一言一句聞き逃さないと約束する」

直後、裕司が生唾を呑み込む音がこちらにまで届く。それほど緊張しているという意味だ。

そこまで躊躇う出来事とはいったいなんなのか、じっくり聞こうではないか。

敦也は椅子の背に体重をかけた。

『さっきも言ったとおり、エンゲージリングのデザインについては問題ない。あと、約束どおりに数週間で渡せる。そっちじゃなくて……』

「うん。それで？」

『ペアリングではなくエンゲージリングを求めたってことは、敦也は〝この女性と手を携えて歩いていきたい〟と思ったんだろ？　プロポーズする時は、恋人の記憶に残る素晴らしいものにしたいはず』

「もちろん。彼女はとても純粋で、俺が何をしても受け止めてくれるぐらい想いを傾けてくれている。そんな彼女をもっと喜ばせたいと思うのが普通だろう？」

　由奈にプロポーズする準備は整えている。

　ホテルの繁盛期だが、来月にはお互いの休みを合わせる手筈を整えている。その時にエンゲージリングを渡す予定だった。

『好きな女性を喜ばせたいと思うのは当然だよ。僕も大事な友人の手助けをしたいと思ってたし。敦也がわからないと言っていた恋人の……指のサイズを、どうにかして測ろうとね』

「サイズを？　それは有り難い！　由奈の指に触れても、俺にはわからないから、どうしようかと考えていたんだ。サプライズでプロポーズするつもりだから、事前に訊ねるわけにもいかないし」

裕司の気配りに、敦也の口元がほころんだ。

『だろ！　僕って友達思いだ……。そう友達思い。そこを忘れないでくれよ？』

「わかってる。俺を思っていろいろと手を尽くしてくれている。それを忘れるはずがない」

『だよな。そうだよな？　僕は敦也のために、どうやってサイズを測ろうかと考えていた。そうしたら……うちの、デザイン課の……秘書が、あろうことか〝サイズはあたしに任せて〟と書き置きを残してて』

「デザイン課の秘書？」

そこで敦也は眉根を寄せた。

秘書課に籍を置く一人の女性を思い出して、不安になっていく。

『ああ。……そ、そ、そうなんだ。あいつにだけは知られないようにしていたんだけど、同じ部署で働いていたら隠し続けられるわけもなくて』

裕司が職場の同僚に〝あいつ〟呼ばわりするのはただ一人。

敦也は椅子の背に全体重をかけて脱力し、天を仰いだ。

「楓（かえで）だな」

『そうだ。敦也を愛してやまない、僕の妹の楓だ』

裕司の妹——二十七歳の楓とは、敦也が裕司の家にお邪魔した中学生の時に出会った。何故か彼女はその頃から敦也に夢中で、これまでに幾度となく愛を告げられた。

当然ながら親友との縁を大事にしたいので、彼の妹など論外。

そのため告白されるたびに断っていたが、彼女は大人になっても敦也を諦めない。

いや、諦めているとは思う。現在楓には、付き合って三年になる恋人がいるからだ。

にもかかわらず、楓は今でも敦也を追いかけ回してくる。

一種の癖みたいなものだと思っているが、楓の心理など敦也にわかるはずがない。

いったい何を考えているのか……。

「それで？　楓は何をしようとしている？」

『リングのサイズを調べるついでに、敦也の……恋人を自分の目で確かめてくるって』

「なんだって!?」

楓はプロポーションが良く、男性の目を惹き付ける相貌と姿態をしている。そんな彼女に目を付けられた女性は、大抵尻込みしてしまう。

そういう光景を、敦也は何度も目の前で見てきた。

敦也の元カノにも遠慮せず、ストレートな言葉を投げつけていたのを……。

我が強い楓は、いろいろと騒ぎを起こしては周囲を巻き込んできた。しかし元々明るい性格なのもあり、最初は場が荒れても時間が経てば笑いに包まれた。

だから、長い目で見ればなんてことはないが、最初の印象は真逆で最悪だ。

楓が由奈と会って何かをしでかすと思っただけで、不安で心が押し潰されそうになる。

「いつ？　いつ来ると？」

敦也は嫌な気分に苛まれながら、裕司の次の言葉を待つ。

『それがさ……、多分もうそっちに着いてる頃だと』

「はあ⁉」

椅子を蹴って立ち上がった敦也は、額に手をあててうな垂れた。

来てる、こっちに……あの楓が！

『悪い！　僕も知らなかったんだよ。あいつが秘書という立場を利用して、僕の手帳を盗み見したのを。そうでなければ、僕に〝敦也さんの恋人の指輪のサイズはあたしに任せて。今日中に終わるから。ついでに敦也さんに相応しい女なのかチェックしてくる〟なんて書き置きを残すはずがない』

「わかった。とにかく彼女のところに行ってみる」

そう言った敦也は、既に執務室のドアを開けていた。

続き部屋に設えられたデスクで仕事をする嶋田が、敦也の様子に驚いて席を立つ。

彼がすぐに傍に近寄ろうとするものの、敦也は手で遮った。

身振りで留まるように伝えて、廊下に出る。

『僕が言うべきじゃないけど、とにかく……何も起こらないよう祈ってる』

「そう願っていてくれ」

敦也は嶋田に言い捨てると電話を切った。

その足でエレベーターホールに進み、コンシェルジュデスクへ向かった。

＊＊＊

「こちらに安積由奈さんはいらっしゃいます？」

由奈の耳に飛び込んできた、女性の艶っぽい声。

コンシェルジュデスクで宿泊客の要望に応えていた由奈は、自分の名前が出たことに驚き、手元のタブレットパソコンから顔を上げた。

立花の前に立つショートカットの女性を見て、由奈は言葉を失う。

なんて綺麗な女性なのだろうか。ベージュ色のパンツスーツを着た彼女の手足はすらりと伸びている。ファッション雑誌から抜け出てきたような美女だ。自然と目を吸い寄せられてしまう。

「安積、ですか？　どのようなご用件でしょうか」

立花は表面上落ち着いているが、内心美女の圧に緊張しているのが伝わってきた。いつもよりいかり肩になっているのが、その証拠だ。

「安積さんに用があるの。それをあなたに言う必要はないわ」

笑顔で辛辣な言葉を投げつけられた立花は、頬を赤くさせる。

見ていられなくなった由奈は、咄嗟に立ち上がった。

「私が安積です」

「そう、あなたが……」

ゆったりとした口調で意味ありげに言ったあと、由奈の頭から足元へと舐めるように見つめてきた。

「立花さん、こちらのお客さまをお願いしてもいいでしょうか」

「ああ、もちろん」

立花が席を立つ。

由奈は宿泊客に断りを入れて、立花と席を入れ替わった。そして女性に目の前の空いた席を手で示す。

「どうぞお掛けになってください」

美女とは知り合いではない。こんなに綺麗な女性と一度でも話せば、必ず覚えているはずだ。

しかし、由奈は見覚えがなかった。なのに、彼女は由奈の名前を知っている。

どういった女性なのか、それがわかるまで自重しなければ……。

由奈はいつもより慎重に女性に微笑んで椅子を示す。ところが彼女は、腕を組んで小首を傾げるのみで座ろうとはしない。

「うーん、ここに座ると他の人の邪魔になるから、あっちに来てくれない?」

女性が中庭を望めるソファを指す。

どうすればいいのかと悩んだが、女性の言うとおりにするのが一番だと考えた由奈は、立花に顔を向けた。

「少し、席を外します」

「わかった」

たったそれだけだったが、立花は〝何かあれば駆けつけるから安心しろ〟と目で伝えてくる。そして力強く頷いた。

由奈は立花から女性に意識を戻し、手で場所を示す。

「ご案内いたします。どうぞこちらへ」

赤いルージュを塗った女性の口元が、楽しげにほころぶ。

美女の艶然とした表情があまりにも綺麗すぎて、変な緊張感に包まれた。それを表に出さないように気を付けて、行き交うホテルの利用客を縫う。

女性が示したソファは、外から注ぎ込む太陽の陽射しが眩しい。それでも彼女の要望を優先してそこに誘導する。しかし彼女はそちらに行こうとはせず、柱の陰で立ち止まった。

「お客さま？」

「あっ、あたしはホテルの利用者じゃないから」

ふふっと笑った直後、女性の顔から一気に笑みが消えた。由奈を値踏みでもするかのように、まじまじと見つめてくる。

由奈はその変わり身の早さに驚かずにいられなかった。

「あたしが安積さんに会いにきたのは、確かめたかったから」

確かめたい？　見知らぬ女性が、由奈の何を確かめたいというのか。

「敦也くんの恋人がどういう人かを」

「あ、敦也くん？」

急に敦也の名前が出てきて、由奈は息を呑む。でもそれで、女性が何故由奈の名前を知っていたのかがようやくわかった。

敦也と関わりがある人物なのだ。

この女性は敦也さんの妹？——と思うが、すぐに心の中で否定する。彼から姉と甥っ子がいるのは聞いているが、妹がいるとは聞いていない。

この女性が敦也の家族ではないとすれば、いったい誰なのだろう。

一瞬、敦也がなんでも話せる特別な女性なのではないかという、嫌な考えが頭を過る。

不安に見舞われていると、突如彼女が一歩前に進み出てきた。

「信じられない。どこにでもいそうな平凡なこの女性が、本当に恋人？」

そう言った途端、女性は手を伸ばして由奈の両肩、両腕をべたべたと触りまくる。

由奈はどうすればいいのかわからず、女性に触れられたまま棒立ちになる。

「あの？」

とうとう声をかけずにいられなくなったその時、女性はなんと胸を両手で包み込んだ。おまけに持ち上げて、揉み出す。

「お、お客さま！」

由奈はたまらず声を上げて女性の手から逃れると、両腕で胸を隠した。彼女の手つきがあまりにも生々しく、敦也にベッドの中でされた行為を思い出してしまったせいだ。

由奈は動揺を隠せず顔を真っ赤にさせるが、女性はそれを意に介さない。自分の手を見て、残念そうな表情を浮かべている。

「これで敦也くんの恋人？　あたしの方が断然大きいのに、どうしてこんな女性を選んだの？」

そう言って、女性は手元から顔を上げた。

「満足できるはずがない。だって、そんな胸で喜ばせ――」

あろうことか、女性が公の場で耳を塞ぎたくなるような卑猥な言葉を羅列し始めた。周囲には子ども連れの家族もいるのに、そちらに気遣いもしない。

「ちょ、ちょっと待ってください」

由奈は目を白黒させて女性の言葉を遮ろうとする。しかし逆に、彼女が由奈の手を取ってぎゅっと握り締めてきた。

「ねえ、敦也くんには不釣り合いだとは思わないの？　その辺にごろごろいそうな普通の女なのに、彼の傍にいて引け目を感じない？」

酷い言葉を投げつけられて、由奈は何をどう言っていいのかわからなくなる。

ただ女性の声の調子から意地悪さを感じない。普通に疑問を投げつけている風だ。

とはいえ、初対面の相手に対して接する態度ではない。

見知らぬ女性の身体にべたべたと触って、胸を持ち上げて揉む行為もだ。

由奈は自分の指に指を絡ませてくる女性から逃れるように、手を引っ込めた。

「あの、あなたはいったい――」

その時だった。

女性の視線が由奈から逸れ、今までの顔つきとは比べものにならないぐらい華やかな笑みを浮かべた。

「敦也くん！」

女性が叫んで走り出す。

さっと振り返ると、こちらに急ぎ足で向かってくる敦也に、女性が両腕を開いて抱きついた。

「楓……」

「敦也くんに会えるなんて思ってもみなかった。嬉しい……！」

楓と呼ばれた女性が背伸びをして、敦也に顔を近づける。

なんと女性は、敦也の唇にキスしたのだ。

これまでの女性の口振りから、敦也の家族でなければ彼と何かしらの深い関係があると踏んでいた。なので、彼女がこういう行動に出ても不思議ではない。

でもまさか、敦也が女性の腰を片手で抱き、キスを避けるのではなく受け入れるとは思いもしなかった。

その事実に、由奈は打ちのめされる。

「もう、敦也くんったら。いっつもそうなんだから」

「楓……」

キスされたのに、敦也の口調に怒りはない。彼女を戒める素振りもしなければ、嫌がりもしなかった。

敦也の恋人は由奈なのに、どうして女性を受け入れるのだろうか。

酷い……。こんなのは、あまりにも辛すぎる！

敦也の態度を目の当たりにした由奈は、胸を締め付ける苦しさに襲われた。鼻の奥がツーンとし涙腺も緩んでいく。

身を寄せ合う二人のシルエットが歪んでいくにつれて居たたまれなくなり、由奈はさっと身を翻した。

「由奈！」

敦也が声を上げる。

しかし由奈は振り返りもせず、前だけを向いて走り出した。

敦也の愛は由奈だけに向けられていると安心していた。けれども彼には、由奈以外にも大事にしている女性がいたのだ。

女性のキスを怒りもせず受け入れられるぐらい、彼女が大切に違いない。

つまり、由奈とあの女性の立ち位置は同じだという意味になる。

嫌よ、絶対に嫌！　――そう心の中で叫ぶと、涙があふれ出てきた。

激しい嫉妬に身を焦がされて、自分の感情が抑えられない。手の甲で頬を伝う涙を拭っても、次々にあふれるてくる。

由奈は自動ドアを通って、中庭に飛び出した。

エアコンが効いたホテルから外へ出たせいで、むわっとした熱い空気が身体にまとわりついてきた。一気に汗が噴き出して不快になるが、由奈は走り続けた。

でも途中で足を止める。中庭に建てられたテントの周囲に、人がいっぱいだったからだ。

そういえば、今夜からビアガーデンが開催される。従業員はその準備で忙しく動き回っているに違いない。

由奈は中庭を突っ切るのをやめ、もう一棟の建物に向かって走った。

二棟の間に設けられた道は、幹線道路から中庭に入れるので人通りが多い。しかし脇に入ったところには垣根が設けられているため、その裏手は死角になっていた。

そこでなら、ホテルの利用客や従業員からも隠れられるだろう。

早く仕事に戻らなければと思うが、まずは荒ぶった感情を落ち着かせて、涙を止めるのが先だ。

このままではコンシェルジュデスクには戻れない。

由奈は手をかざして陽射しを遮りつつ、日陰ができた垣根の後ろに進んだその時、いきなり背後から肘を掴まれ、勢い良く振り向かされる。

目の前に軽く肩で息をする敦也がいて、息が止まりそうになった。

「由奈」

「離して……」

「由奈！」

「離してってば！」

由奈は声を荒らげて、敦也の手を振り払おうとする。でも逆に腕を引っ張られ、彼に抱きしめられた。

「敦也さん、やめ……っん！」

敦也が急に由奈の唇を塞いだ。彼を拒む言葉を塞ぐように、何度抗っても彼が由奈の声を余すところなく奪う。

由奈は敦也から離れようともがいていたが、彼の求めが激しくなるにつれて胸板を叩いていた手の力が抜けていく。

唇の感触に何も考えられなくなってきた頃、敦也が下唇に歯を立てた。

「んぁ……」

引き攣った声を漏らしてしまう。

すると、敦也が名残惜しげにキスを終わらせた。

敦也の胸に置いた手が震えるのを感じながら、由奈はいつの間にか閉じていた瞼を開けていく。

「いきなり逃げ出したのは、楓のせいだな？」

敦也が親しく楓と呼ぶのを聞いて、つい先ほどの出来事が脳裏に浮かぶ。

再び敦也の胸を押し返して退けるが、すぐにそれさえもできないぐらいに、由奈を抱く腕に力が込められた。

「彼女は、俺の親友の妹だ」

親友の妹だからなんだというのか。由奈以外の女性を腕に抱き、あろうことか恋人の前で唇を許すなんてふざけている。

由奈はぷいと顔を背け、敦也の胸に置いた手で拳を作った。

「あの女性が……楓さんが親友の妹だから、恋人みたいに扱ってもいいと？　私にそれを我慢しろと？　敦也さんってそういう人だったんですね」

由奈は敦也の胸を叩いて、強く抗議した。

「他の女性と私を同等に扱わないで。そんな風にされるのはイヤです！」

再び心が乱れて、涙が込み上げてくる。由奈は奥歯を噛み締めて、それを必死に抑えた。

好きな人を独占したいと思うのは我が儘なのだろうか。

自分以外の人にも寛大なのは全然構わない。でも抱きしめたりキスしたりする女性は由奈だけにしてほしいと望むのは、普通の感情ではないのか。

「私は、私は……」

涙声が言うと、敦也が由奈の背に回した手を上へ滑らせて彼の方へ引き寄せた。

「楓を恋人のように扱ったこともなければ、そういう関係だったこともない」

「ない？　……酷い、まだ嘘を吐くなんて」

敦也を潤んだ目で彼を見上げる。

「ない。はっきり言える。楓と初めて会ったのは、彼女が中学生の時で、その頃から何十回も告白された。だが、俺は断り続けている」

「それが本当なら、どうして彼女の……キスを……嫌がらなかったの？」

「してない。俺が由奈と出会って以降、キスした相手は君一人だけだ」

「でもさっき――」

楓とのキスシーンを見た由奈は、違うと訴える。すると、敦也が由奈の目元に触れ、涙を指の腹で拭った。

「してない。由奈がいた場所からそう見えただけだ。……実際に確認してないだろう？　唇が重なったところを」

そう言われて、由奈は俯いた。

由奈が目にしたのは、敦也に抱きついた楓が背伸びをして顔を近づけ、そんな彼女の腰に回された彼の腕のみ。由奈の位置からは、二人の唇が重なる部分が見えなかった。

つまり本当にしていない？　状況証拠で、敦也を浮気者扱いにしたということ？

由奈は愕然としながら、面を上げていく。

「……じゃ、本当に何も？」

「何もない。これまでと同じように、すんでのところで楓を避けた」

敦也は〝こうして……〟と、自分の口元を片手で覆って教える。そうしてから手を下ろし、優しく微笑んだ。

「楓に感謝しないと……。彼女のおかげで由奈の愛がとても深いとわかったから」

「酷い、私は辛かったのに！」

「それは悪かった。でも、由奈がこんなにも嫉妬してくれるとは思ってもみなかったから。……この件で俺がどれほど嬉しかったかわかる？　うん？」

由奈に訊ねるように小首を傾げて、由奈の鼻筋に指を走らせる。

「俺にベッドで組み敷かれて喘ぐ顔も、悦びに浸る表情も見惚れたが、今の表情もそそられる。俺への想いが強いからこそ爆発させた感情だから。……可愛い」

初めて結ばれたあの夜の話をして由奈を戸惑わせたかと思ったら、今度は可愛いと言うなんて……。

「誤魔化さないでください！」

敦也の言葉に心を躍らせつつも、由奈は濡れた頬を手で拭いながら彼に向かって唇を尖らせる。

「そもそも私に勘違いさせたのは敦也さんなんですからね。楓さんに抱きつかれても拒みもしなかったのが原因なのに」

「それは……悪かった。このやり取りは、二人の間ではもう決まり切った流れなんだ。楓が中学生の頃からほぼ変わらない。由奈も楓と話してある程度勘付いただろう？彼女の態度が少し……自分勝手だと」

そこは素直に頷く。すると敦也が苦笑いした。

「彼女は思ったことを口にして相手を巻き込む。それを防ごうとするならば、彼女は容赦ない追い打ちをかける。だから、彼女の思うままやらせるのが一番いいんだ」

敦也の話を聞いて、もっともだと思った。

楓は由奈に断りも入れずに、身体をべたべたと触りまくった。その振る舞いから、自由奔放な性格なのだと考えられた。

そんな彼女を止めれば、容赦ない言葉が返ってくるだろう。

由奈自身が経験したので、説明されなくても納得できた。

それにしても、あれほど傍若無人だったら周囲を怒らせてしまう可能性があるのに、どうして改めないのか。

由奈はポケットから取り出したハンカチで濡れた目元と頬を拭いながら、敦也を見上げた。

「あの……、誰も楓さんの行動を気にしないんですか？」

「いやいや、気にしないはずないだろ？　ただ、彼女は裏表のない性格でさ。最初はイラッとしても、最終的に彼女の笑顔で皆どうでも良くなる。ある種の才能だと思う」

「楓さんの態度は少し失礼でしたけど、そんな風にされた時、怒りより驚きの方が強かったかな……。きっと彼女の言動に裏表がなかったからですね。ところで、楓さんはずっとあんな調子なんですか？　敦也さんに告白しても断られるのに？」

敦也は由奈の背に手を添えて、近くの入り口へと誘う。

自動ドアからホテルに入った途端、一瞬にして冷えた空気に包み込まれ、汗が引いていく。

ホッと息を吐く由奈から手を退けるが、敦也は由奈の隣を歩きながら口を開いた。

「あれは一種の……癖みたいなものだ」

「癖?」

癖であそこまでできるもの?

敦也を見上げると、彼が肩をすくめた。

「もう習慣だから、途中でやめられないんだと思う。彼氏がいるのに、俺と会えば迫らずにはいられない。未だに彼女が理解できない」

吐き捨てたあと、力なく首を横に振る。

敦也は楓の行動に意味はないと言うが、本当だろうか。未練があるから、彼と会えばあんな態度をするのでは?

由奈は唇を引き結びながらいろいろ考えていると、先ほど楓と話していた場所が正面に見えてきた。

楓はもう帰ったのだろうかと思っていた矢先、柱の陰に立つ彼女が目に入った。彼女の顔が鮮明になるにつれて、由奈の緊張が高まっていった。

それが楓にも伝わったのか、彼女が急に顔を上げた。由奈たちを認めると、こちらに向かって歩き出す。

まるでランウェイを進むモデルのように、とても目を惹き付けられる。

そんな楓は由奈たちの前まで来ると、不機嫌そうに唇を尖らせた。

「敦也くんが恋人を追うなんて、初めて見た」

「そう、違うんだよ。これまでの俺とは。だから……楓もわかっただろう？　俺がどれほど由奈に心を砕き、彼女だけを愛しているのか」

敦也は由奈を愛しげに見つめて、楓に目線を移す。

「ありがとう、楓」

お礼を言われて、楓が目をぱちくりさせた。

「な、何？　どうしたの？　敦也くんがあたしにお礼を言うなんて、今まで一度もなかったじゃない！」

「楓のおかげで、由奈の愛がどれほど深いかわかった。俺にとって、これほど嬉しいことはない」

由奈は、敦也の言葉に胸を高鳴らせながら彼を仰ぎ見る。でも彼は真っすぐ楓を見つめていた。すると彼女が呆れ気味に大きな息を吐いた。

「ヤダヤダ。人の幸せを目の前で見せられるのが一番嫌なの。特に敦也くんのはね」

楓が不機嫌も露わにじろりと敦也を睨む。でも素早く横を向き、ふっと表情を和ませた。

「二人を見ていたら、あたしも彼氏に会いたくなってきた。じゃ、もう帰るね。ここに来た目的は……もう果たしたから」

楓はそう言い、敦也を見ながら左手をひらひらと振る。

「……ありがとう」

「じゃ、またね」

そう言い捨てると、楓は由奈の前に現れた時と同じように颯爽と歩き出した。

一度も振り返らない楓を見送って、由奈は敦也を見上げる。

「結局のところ、楓さんの用事はなんだったんです？　私を名指しして呼び出しましたけど、何か特別な話をするわけでもなく……。単に、敦也さんと一番長い付き合いなのは、楓さんだというのを伝えたかったとか？」

「うーん、仕事を抜け出してまで、そんな話をしに来るかな」

確かにそのとおりだ。でもまだ納得がいかない。楓の行動は意味不明なことばかりだった。

由奈が力なく頭を振ると、再び敦也が歩き出した。由奈も彼に倣って、隣を進む。

「その……楓は由奈に何をしたんだ？」

「何って、私が〝安積由奈〟だとわかると、人目が付かない場所へ誘い出して、私の何を敦也さんが気に入ったのか……といった話をしたんです」

「それで？」

「何を思ったのか、楓さんは私に断りもなく出し抜けに身体を触ってきて、そのまま敦也さんがしたみたいに私の胸を揉んで――」

とそこまで口にしてハッとする。

咄嗟に顔を上げると、敦也が呆けたように由奈を見下ろし、そして横を向いてぷっと噴き出した。

「あ、敦也さん！」

「悪い……。いや、楓がそこまでするとは思いもしなかった」

由奈は余計なことを言ってしまった恥ずかしさから、顔を真っ赤にさせて下を向いた。

愛し合う者同士が結ばれるのは、決して悪くはない。由奈は身体のみならまず心まで喜びに包まれた。

だから、結ばれたのが恥ずかしいわけではない。

楓の手つきで敦也にされた愛戯を思い出し、それを口にしてしまったのが、恥ずかしかったのだ。

「それで……思い出した？　俺にされた行為を？」

「も、もう！」

由奈は拳を振り上げるが、そこで周囲の目があることに気付き、慌てて彼から離れた。でもすぐに振り返り、鼻に皺を寄せる。

「化粧室に寄ってから、仕事に戻ります」

「ああ」

敦也が笑いながら腕を組み、その場で頷く。由奈は身を翻して化粧室に向かうが、途中で立ち止まって肩越しに振り返る。

敦也はまだそこにいて、和やかな面持ちで由奈を見つめていた。

由奈は喜びを胸に抱きながら化粧室に行き、化粧崩れを直してからコンシェルジュデスクに戻ったのだった。

最終章

住宅街にある、木立に囲まれた純和風の老舗割烹旅館。明治時代に創業されたそこは、四百坪もある荘厳な日本庭園が広がっている。

由奈は、現在も実家のここで暮らしていた。

「まだかな……」

お昼を過ぎた十四時頃。

セミの大合唱と肌を焼くじりじりとした暑さには、本当にうんざりする。

しかしそれをものともせず、由奈は表玄関にあたる薬医門の前できょろきょろと周囲を見回していた。

実は今日、敦也が初めて由奈の実家に来るからだ。

八月のホテルは繁盛期真っ只中。

そのため、なかなか自由に休みを取れないが、敦也に休みを合わせようと言われて承諾し、二人してお盆明けの平日に休みを取った。

でもまさか、実家が経営する旅館を見てみたいと言うとは思いもしなかった。

家族に敦也を紹介するつもりだったので、由奈に異存はない。ただ残念ながら、旅館も繁盛期だ。

一応忙しい昼食の時間をずらしたのもあり、両親に会ってもらえる確率が増えたが、今日のお客の入りを考えると、多分通りすがりに挨拶ができるぐらいになるだろう。

「仕方がないよね」

由奈がふぅーと息を吐き、敦也が到着するのを今か今かと待っていた時、一台の大きなＳＵＶ車が近づいてきた。

運転席に座っているのは敦也だ。

事前に知らせていたように、敦也は旅館に隣接する駐車場に駐車する。由奈は車外へ出た彼のもとへ走り寄った。

「いらっしゃい」

敦也は黒色のチノパンに白色のＴシャツといったラフな格好をしているが、その腕にはジャケットを引っ掛けていた。

気軽に恋人の実家に来たが、彼女のご両親と偶然会ったとしてもジャケットを羽織るだけでカジュアルではなくなる。

そういう配慮もしてくれたのかなと思うと嬉しくなり、由奈の顔に笑みが広がっていった。

「やあ。今日の服装はいつもと違うな。清純な感じでとても綺麗だ。由奈に似合っている」

由奈は自分の服装を確認する。

今日は透け感のある生地で袖をふんわりとさせた、クリーム色の長袖のワンピースを着ている。それは膝丈で、細身のベルトでウエストを締めていた。

確かに由奈が普段着ているものとは違って、フェミニンでありながら少し仰々しさも感じる。

でもそれには理由がある。旅館では、数多くのお見合いが行われるためだ。

縁結びを手助けする場では、普段の生活を感じさせる過度な露出は控えている。

それは由奈に限らず、姉の加奈も同じだ。現在若女将として働いている彼女も、学生時代は身なりに気を付けていた。

由奈はスカートを手で撫で付けて、顔を上げる。

「ようちを利用してくださる国領社長はご存知なんですけど――」

そう言って敦也の腕に手を置き、門柱の後ろに控柱が二本設けられた大きな薬医門へ彼を誘う。

それが、旅館の表玄関だった。

門を通りながら、由奈は旅館で行われるお見合いの話をした。

これまでどれぐらいお見合いが開かれ、どれぐらいのカップルが成立したのかは見当もつかない。しかしお見合いがひっきりなしに行われるということは、うちの旅館で行うと成立率が高いという箔がついているのだろう。

「お客さまの目に触れる場所では、普段着を着ないようにしているんです」

「そういう気遣いが子どもの頃から沁みついているんだな。本当に素晴らしい」

由奈は褒められて嬉しくなる。

「あっ……俺、こんな格好だけどいいかな」

敦也の服装を見てにっこりする。

「敦也さんは何を着ても様になってて……素敵です」

それは正直な気持ちだ。生地も仕立てもいいせいで、ラフな格好なのに品がある。

何を着ても様になる人はいるが、敦也もその部類に入る。

由奈がうっとりしながら見入っていると、敦也が由奈の額を軽く指で弾いた。

「そんな風に持ち上げられたら、由奈を食べたくなるじゃないか」

敦也が〝いいのか？〟と片方の口角を上げてからかってくる。でもその目は、由奈がほしくてたまらないと伝えていた。

「いいのかな？」

「もう、敦也さんったら……」

敦也の腕を軽く叩くと、彼が楽しそうに笑い声を上げた。

「そうだ、これ。お土産」

手に提げていた袋を、由奈に差し出す。

「別に気を遣わなくても良かったのに」

由奈は困惑するが、敦也が袋を持ち上げたので受け取った。

「すみません。どうもありがとうございます」

「いや。我が家でもよく食べるぐらい大好きな菓子なんだ。姉も帰国するたびに食べたいって言うほどに。由奈の家族にも好きになってもらえたら嬉しい」

国領家でよく食べているというところが、由奈の心を打つ。

これを機に、両家で行き来できたらいいな。けれども、ただ付き合っているだけでそんな風に考えるのは、行きすぎかな——と思いながら、石畳の先にある旅館の引き戸を開けた。

目の前に飛び込んできた、広い上がり框と墨字で書かれたアンティーク衝立。調度品に注目する敦也の横で、由奈は彼を窺う。

敦也は目を爛々と輝かせている。古い旅館だが、磨かれた木材には年季が入り、重厚さが増している。

それを感じ取ってくれているのだろう。

敦也は靴を脱いで上がり框を上がった今も、感嘆していた。

「とても素敵な旅館だな」

「ありがとうございます。……館内を案内しますね」

由奈は、日本庭園が一望できる座敷を事前に予約していた。

そこに行くなら、日本庭園につながる石畳を進めばすぐにたどり着ける。でもそうしなかったのは、旅館の内装もじっくりと見てほしかったからだ。

「こっちへどうぞ」

廊下の先を手で示した時、脇の襖が開いた。

出てきたのは、安積旅館で仲居頭を務める、五十代の小竹（こたけ）だった。

「由奈さん」

ふくよかな小竹は、えびす顔で由奈に声をかける。しかし、敦也を見て目をぱちくりさせた。

由奈が龍之介以外の男性と一緒にいるのを初めて見れば、そうなるのも仕方がない。

「えっと、こちらの方は……？」

由奈と敦也を交互に眺めて、由奈に問いかけてきた。

「私も旅館も大変お世話になっている国領社長の息子さん、敦也さんです」

そう言うと、小竹の表情が一段と驚きに満ちたものなった。

「国領社長のご子息で！　まあ、まあ！　……ようこそお越しくださいました」

「敦也さん、彼女はうちの旅館の仲居頭、小竹さんです」

敦也が由奈に頷いて小竹に向き直った。

「国領敦也です。父がいつもお世話になっております」

「とんでもございません。私どもにも良くしていただいておりまして、感謝でいっぱいです。ところで、由奈さんとご一緒ということはお仕事ですか？」

「ううん、そうでは――」

由奈が否定しようとすると、敦也が由奈の背に手を置いた。

「仕事とは関係なく、私がこちらに伺いたくて……。それで由奈さんに頼んだんです」

「そうだったんですね。どうぞゆっくり見て回ってください。では失礼いたします」

二人に挨拶して去っていく小竹の後ろ姿を、由奈は目で追っていたが、彼女が廊下の先を曲がると、敦也に向き直った。

「どうして付き合っていると言わなかったんですか？」

「俺の口から〝由奈と付き合っている〟と言う時は、まず由奈の家族にしたいと思ってる。そこは自分の我が儘を貫きたいなと思ってね」

「まずは私の家族に……」

敦也の言葉を聞いて胸の奥がぽかぽかしてくると、由奈は彼の腕に手を絡ませて寄り添った。肩に頭を載せ、彼に凭れる。

「うん？　どうした？」

「とても嬉しくて……」

まず一番先に知らせるべきなのは、由奈の家族だと思ってくれていたなんて思ってもみなかった。

ただ、両親は忙しいため、立ち話ぐらいしかできないだろう。

由奈が肩を落とすと、敦也は彼の腕に縋る由奈の手に手を重ねた。

「言ってないんだろう？　俺と付き合っていることを」

「はい。知り合いが来るという話はしました。時間があれば会ってほしいとも」

「だったら、俺からきちんと伝えないと。家族以外の人からではなく」

「ありがとうございます」

敦也に微笑んだ由奈は彼の腕にしな垂れかかり、渡り廊下の奥に見える建物を指した。

「あそこは家族が……安積家が暮らす家です」

「家？　旅館の外観と瓜二つだが？」

「実は――」

由奈はそう言って、旅館が建てられた頃の話を始めた。

家族が暮らす二階建ての一軒家は、旅館の別館として一緒に建設された。開業当初は対の館とも呼ばれて繁盛していたらしい。

しかし本宅を火事で失ったのち、由奈の曾祖父が別館を家族の仮住まいにあてた。

その間に新居を建てる計画に入るが、意外にも別館での暮らしが楽だったのもあり、仮住まいを本宅にした。

それ以降、本家は別館で暮らすようになったのだった。

そういう経緯もあり、自宅の外観は旅館と同様に古い。でもそれは外観のみで、室内はリノベーション済みだ。

そのため、意外と快適な空間を保っていると話した。

「実家は……また次の機会に案内しますね」

できれば、両親にきちんと紹介できる時に実家に招待したい。きっと外観に相応しくない、現代風の内装を見たら驚くだろう。

敦也を迎える日を楽しみに待つのも醍醐味だ。

「行きましょう」

由奈は座敷へつながる通路に敦也を誘う。

当時の趣を残す室内を、敦也はずっと興味津々に見回す。お見合いやお祝いの席の場として使われる離れの座敷に入っても、それは変わらなかった。

障子や襖などの建具で仕切られているが、障子からは外の光を、細かい彫り細工が施された欄間からはほどよく光や風を取り入れているので、閉所感はない。快適な時間を過ごせる空間が広がっている。

それがわかるのか、敦也は時々立ち止まっては歴史を感じさせる太い柱に触れた。

「とても立派だ。明治時代にタイムスリップしたのかと思うほどだ」

「それで、文豪さんとかも足を運んでくれていたんだと思います。その人たちにあやかって、今ではいろいろな賞を受けた芸術家さんも訪れてくれますし」

「わかるよ……。雰囲気もさることながら、この木の香りも心が安らぐ。足繁く通いたくなるんだろう。俺の父もそのうちの一人だな。ここで会合を開いたり、馴染みのある人たちと会ったりしているんだから」

敦也はまだ旅館を利用していないのに、こうして良さを認めてくれている。彼の言動の一つ一つが由奈の胸を震わせた。

由奈は手を伸ばして敦也の手を握ると、日本庭園を一望できる座敷へ誘った。

障子を引いた途端、絵画のような見事な日本庭園が目の前に広がる。それを見た敦也が、感嘆の声を漏らした。

「これは素晴らしい……」

綺麗に剪定された犬槙（いぬまき）、犬柘植（いぬつげ）、そして秋になると見事に色付く伊呂波楓（いろはかえで）を眺める。

由奈も正面に広がる日本庭園に視線を向けた。

暑さで陽炎が揺らめいているが、太陽の陽射しを浴びてキラキラする池の水面を見ていると、心なし暑さが和らぐ。

水面が波打つ光景に、涼を感じるからだろう。

飼っている鯉が元気良く泳いでくれるおかげだ。

そうしてゆったりとした時間を過ごしていたが、由奈は座卓の上に用意された急須でお茶を淹れようと身を翻そうとする。

しかし、由奈の手首を掴んだ敦也に引き寄せられてしまい、彼の腕の中にすっぽりと収まってしまう。

「俺の傍にいて」

由奈は驚くものの、敦也の体温と爽やかなオーデコロンの香りを感じるだけで心が満たされていった。

そっと敦也の腰に両腕を回し、二人の間に隙間ができないほど抱きしめる。

「もしこんな風に由奈を抱いているところをご両親が見たら、なんて言うかな」

「大丈夫です。突然座敷に入ってくる仲居はいないので、彼女たちの口から両親にバレる心配はありません」

由奈が敦也を抱く腕に力を込めると、彼は由奈の頭に唇を落とした。

「その情報を聞いて俺はどうすればいい？　……由奈の柔らかさに心を乱されているのに」

由奈の耳元で囁く。

ぞくぞくした甘い疼きが背筋を這っていき、由奈の口から息が零れた。

「私……」

そう言って、由奈は面を上げて至近距離で敦也と視線を交わす。

「そんな風に見つめられたら、俺が我慢できなくなると知っているのに……」

敦也が覆いかぶさってきた。

敦也のシャツを握り締めて、少しずつ踵を上げる。

あと二センチ、一センチで唇が重なる――それを待ち望みながら息を吸い込んだ時、
敦也が由奈の鼻筋を鼻で撫でるようにして顔を動かしていく。

敦也の吐息が由奈の唇をなぶるが、彼はまだ口づけしない。誘惑に満ちた息のみで、
由奈の身体をふにゃふにゃに蕩けさせていく。

「俺の心を動かすのは、由奈ただ一人だけだ。こうして俺を燃え上がらせるのも」

「私も同じ――」

刹那、敦也が由奈の唇を塞いだ。

「……っん」

優しい動きでついばみ、由奈を求めてくる。

もっと、もっと強く抱きしめてほしい！

由奈は身を震わせながら敦也の腰に両腕を回し、キスに浸る。すると彼に、下唇を
軽く噛まれた。

快い刺激に、由奈の身体が敏感に反応する。

それを合図に、敦也が顎を引いた。でも二人のどちらかが身動きすれば、すぐにキスができる距離だった。

「敦也さん……」

由奈が恋い焦がれるような声色で囁くと、敦也がクスッと笑って顔を離した。

「ああ、ずっと由奈を抱きしめていたい。どんどん可愛くなっていくから」

私は普段と変わらないのに——と思うが、由奈は可愛いと言われて嬉しくなり、首を伸ばして敦也の頬にキスをした。

やにわに敦也がふわっと口元を緩ませて、由奈の頬を両手で覆った。

「こういうところが可愛いんだよ」

大人が子どもに愛情を向けるように、敦也が由奈のそこを揺する。

由奈は敦也の手首を掴み、笑いながら手を退けた。

その時、日本庭園で誰かが動くのが見えて、そちらに焦点を合わせる。

そこにはノースリーブのAライン型ワンピースを着た同年代ぐらいの女性と、彼女より少し年上のスーツを着た男性が、微笑み合っていた。

どうやら庭園の奥にある東屋に行くみたいだ。

由奈は微笑ましい二人を見つめる。

「どうした？」

敦也が小首を傾げて、由奈の視線の先を追う。

「庭園では、お見合いをされた方々がよく散歩されるんです。あんな風に……。なんだかお二人とも笑顔でいいですよね」

「あの女性はワンピースを着ているけど、着物を着る女性もいる？」

「もちろんです！」

由奈は首を捻り、敦也に頷いた。

「とても綺麗ですよ。庭園の緑を背景に、女性たちの華やかな振袖が舞って」

「俺も由奈の着物姿を見たいな」

「では、お正月に」

由奈は即答し、敦也の肩に頭を載せて手を握り締めた。

恋人と初詣に行ける日が楽しみでならない。

お正月も繁盛期なので、一緒に休みを合わせるのは大変かもしれないが……。

「振袖姿もいいと思う。だが、打掛――」

「失礼いたします」

敦也が何かを言いかけた時、ちょうど加奈の声が聞こえた。

「姉です」

由奈は敦也に告げて、加奈に聞こえるように「どうぞ」と返事をした。

引き戸が開くと、そこには艶やかな薄い水色の着物を着た加奈と、割烹着姿の龍之介がいた。

「お姉ちゃん、龍くん……。どうしたの？」

「小竹さんから聞いたの。由奈がお友達を連れてきたんだけど、その方はうちの旅館がお世話になっている国領社長のご子息だって。それで急いで挨拶に伺ったの。でもまさか、お付き合いしているとは思いもしなかったわ」

加奈が茶目っ気たっぷりにウィンクし、片手を上げてそこを指す。

それを見て、由奈がいつまでも敦也の手を握っていることに気付いた。

「あっ……」

由奈は反射的に敦也の手を解放する。しかし既に親密な場面を見られているため、誤魔化しようがない。

とはいえ、家族に見られた気恥ずかしさを隠したかった。

咳払いし、なんとなく手を背後に回す。

「国領さん、どうぞ寛いでください。ほら、由奈。国領さんを楽にさせてあげなさい」

加奈が敦也に座をすすめ、由奈には無作法を指摘する。

「う、うん。……敦也さん、どうぞ」

由奈は慌てて敦也を誘う。すると彼は、由奈の背に手を添えて歩き出した。

仲睦まじい由奈たちを見て、加奈と龍之介が朗らかに目を細める。そして由奈たちが座ると、二人も腰を下ろした。

加奈がお茶を淹れる横で、龍之介が持ってきた茶菓子の豆大福を座卓に並べた。

「初めまして、若女将の加奈と申します。彼は夫の龍之介です。妹の由奈が大変お世話になっております」

「倉永龍之介と申します。こちらの旅館で料理人として働いております」

「国領敦也と申します。実はご夫妻とは初対面ではないんですよ」

二人が挨拶を終えたあとに敦也が名乗るが、彼の言葉で加奈が目を見開いた。

「えっ、初対面ではない？……す、すみません！　もしかして、以前うちをご利用してくださったことが!?」

加奈があたふたし出す。

実は加奈は安積旅館を訪れた人の顔を覚えるのが得意で、幼い頃から若女将の資質があると女将の母や、大女将の祖母から褒められていた。

そこは本人も自負している。しかし、今回に限って敦也を思い出せない。その事実に戸惑っているのだ。

国領社長の代わりに二人の披露宴に参加しただけなのだから、覚えていなくて当たり前なのに……。

「まだこちらの旅館を利用したことはないんです。実は、加奈さんと龍之介さんの披露宴に出席させていただきまして。会場をあとにする際、ご挨拶だけしました」

すぐさま敦也が、加奈の心を軽くする。

「披露宴!? まあ！」

新たな事実に目を白黒させながら、加奈は敦也と由奈を交互に見る。

「覚えてない？ 出席予定だった国領社長が急用で来られなくなって、代理を立てたのを」

「代理？ ……そうよ、国領社長は欠席されたけど、確か息子さんが代理で出席してくれたって。ああ、あたしったらどうして忘れていたの!?」

握り拳を作って、自分のこめかみを叩く加奈。それは彼女が何か失敗した時に必ず行う仕草で、由奈は軽く笑った。

「お姉ちゃん、気付かなくて当然だから。だってあの日は、自分たちのことでいっぱいいっぱいだったもの」

それは新婚夫婦だけではない。由奈もそうだった。周囲を気にする余裕などあるはずがない。

「覚えていなくて当然です。どうか気になさらないでください。ただ――」

思わせ振りに言葉を止めた敦也は、流し目で由奈を見つめる。

愛情が籠もった眼差しに胸がときめくと、敦也が口元をほころばせた。そして、再び加奈に目を向ける。

「これからは、由奈さんの恋人として覚えていただけると嬉しいです」

「もちろんです！　……由奈の恋人なら、もう家族も同然ですから」

加奈が〝ねっ〟と龍之介に同意を求めると、彼は力強く頷いた。

「今日からは、実の兄弟のように仲良くしましょう。長い付き合いになるんですし」

龍之介が意味ありげににやりとする。敦也がそれに応じて「はい」と爽やかに返事をした。

「由奈は昔からいい子で、両親だけでなく姉のあたしにすら我が儘を言わないんです。

心に秘めた望みさえ口にしない。周囲を気遣う子で……」

加奈はにっこり笑うものの、おもむろに笑みを消していった。

「その妹が初めて恋人を作り、大切な人を家族に会わせようとしてくれた。こんなに嬉しいことはありません。国領さんを信じていないわけではないですけど、どうか妹を深く愛してあげてください。由奈はそうされるのに相応しい心の持ち主ですから」

加奈が敦也を見る双眸には、真剣な光が宿っていた。

まさか、そんな風に思ってくれていたなんて……。

初めて知った由奈は、心を打たれて何も言えなくなる。膝に置いた手に力を込めた時、敦也が由奈の手を取った。

「決して由奈さんを裏切りません。彼女が……心に深い傷を負う姿も見てきました。自力で立ち上がろうとする姿もです。そういう由奈さんを守ってあげたいと強く想うようになりました。その気持ちは今も変わっていません。これからは、私が彼女を守り、大切にしていきます」

敦也が強く宣言すると、加奈の表情がみるみるうちに和らいでいった。

「どうか妹をよろしくお願いします」

「由奈ちゃんをよろしくお願いします」

敦也と姉のやり取りを見る由奈の目に、うっすらと涙が浮かんできた。

加奈の言葉に敦也が真剣に応えてくれたこと、そして姉夫婦が彼を認めてくれたことが嬉しかったのだ。

「お姉ちゃん……」

「いい？　男女の縁って、どう転ぶのかわからないんだからね。国領さんの手を取ったのなら、前を向いて信じていきなさい。それが……幸せにつながるのよ」

その言葉は、妙に力強さがあった。まるで、加奈が自分で体験したからこそわかるとでもいうような言い方だ。

だからといって詳細に訊ねる真似はせず、由奈は加奈の助言に頷いた。

そこからは、仲のいい友人同士のように会話が弾んでいった。

敦也は爽やかに微笑み、姉夫婦に丁寧に接してくれる。由奈が龍之介が好きだったと知っているにもかかわらず、彼を前にしても態度は変わらなかった。

良かった。もう私は敦也さんだけしか見えていないってわかってくれている——と胸を撫で下ろした由奈は、彼と龍之介が談笑する光景を眺めた。

最初は披露宴の話から始まり、その流れで国領社長の話へと変わっていく。

国領社長は料理長が作る濃厚でクリーミーな雲丹カレーが好きで、毎回料理の締めに注文してくれる。機会があれば、是非敦也にも食べてほしいといった話をしていた。

だがしばらくすると、加奈が途中で咳払いし、真剣な面持ちで敦也を見返した。

「国領さん、まだ日本庭園を見て回っていないでしょう？　少し暑いですけど、あたしと一緒に行きませんか？」

「お姉ちゃん？」

二人で見て回る？　どうして？　……外は暑いのに？

「いいですね。行きましょう」

由奈が呆然とする横で敦也が即答する。

それを受けて加奈が腰を上げると、敦也も続いた。

「わ、私も――」

「由奈ちゃんは、僕と一緒にここにいよう」

敦也たちに続こうとした由奈だったが、龍之介に止められた。彼は小さく首を横に振って、目で〝行ってはいけない〟と伝えてくる。

「由奈、待ってて」

敦也が由奈に優しく言ったのち、彼は加奈のあとを追って日本庭園が広がる窓の方に歩いた。

加奈が窓を開けた途端、熱せられた空気が座敷に流れ込む。むわっとする湿気を含んだ空気に息が詰まりそうになるが、敦也たちは気にせずそのまま縁側に出た。備え付けの下駄に履き替えた二人は、日本庭園を散策し始めた。池の傍へ行き、水面を指しては何かを話している。

いったい何を話しているのだろうか。

由奈はそわそわしながら、敦也たちの姿を目で追う。今日は猛暑日予報だ。ほんの数分とはいえ、強い陽射しを浴びていればどうなることか。

敦也は毎日遅くまで仕事しているので、あまり無理をさせたくないのに……。

「大丈夫かな……。それにしても、何故二人きりになるの？」

「由奈ちゃんを想って、加奈がいろいろな情報を国領さんに教えているんじゃないかな。姉の特権を許してあげて」

龍之介がすぐさま返事をする。

由奈は後ろ髪を引かれながらも、隣の龍之介と目を合わせる。

「由奈ちゃんに接する国領さんを見て、加奈は嬉しくなって……。それで今度は二人きりで由奈ちゃんの可愛いところを話してあげたくなったんだよ」

「可愛いところって……。そんなのは身内贔屓なだけなのに」

「でも可愛いんだから、仕方ないよ」

呆れる由奈をものともせず、さらりと龍之介が由奈の女心をくすぐる。

「龍くんも相当な身内贔屓だね。それは昔からそうだけど……」

「だって、由奈ちゃんは僕の実の妹同然なんだ。当然可愛いに決まってる」

龍之介の〝実の妹同然〟という発言に、由奈は穏やかな気持ちで小さく頷いた。

これが数ヶ月前なら、由奈は胸を押し潰されるような苦しさを味わっていただろう。

これまでも似た言葉を言われるたびに息をするのも絶え絶えで、あふれそうになる涙を必死に堪えていたからだ。

けれども今は、全然そうした感情は湧かない。

龍之介から〝実の妹〟認定の判を捺されても、普通に受け入れられた。敦也に出会い、彼を深く愛する経験を経たことで、龍之介に対する想いがわかったためだ。

由奈は引き寄せられるように、姉と一緒にいる敦也の姿に目を向けた。

加奈の話に聞き入っては笑い、驚きの声を上げる敦也をうっとりと見入る。

愛にもいろいろな種類があるのを知らなかった初心な由奈は、龍之介への想いは一生ものの愛だと思い込んでいた。

実際は龍之介を異性として愛したのではなく、実の兄のように慕っていただけなのに、彼を姉に奪われたショックで悲嘆に暮れてしまった。

　本当に何をしていたのだろうか。

「龍くん……」

　敦也が加奈に向き直る姿を見つめて、由奈はそっと龍之介を呼んだ。

「うん？　どうかした？」

「私、龍くんが好きだったの……ずっと、ずっと」

　そう告白するや否や、龍之介が口を噤んだ。

　由奈が何かを話し始めると、龍之介は必ずといっていいほど黙り、きちんと最後まで聞こうという姿勢を示してくれた。

　それは結婚した今も変わらない。龍之介の穏和な接し方に胸が温かくなる。

「お姉ちゃんと結婚してからも心は変わらなくて、とても苦しかった。でもね、敦也さんに出会って、自分の気持ちに気付いたの」

　由奈はそこで口を閉じ、おもむろに横を向いてこちらをじっと見下ろす龍之介と目を合わせる。

「私が龍くんを好きだったのは、私の傍にいて守ってくれていた〝兄〟なんだって。小さい頃から龍くんの一番は私なのに、そのポジションをお姉ちゃんに取って代わられたのがショックだったんだと思う。敦也さんと龍くんに抱いた想いが違ったから、同じ愛でも意味は別ってわかったの」

そう言って、由奈は微笑んだ。

「ありがとう。私の告白を最後まで聞いてくれて」

龍之介はこれまでとまったく変わらない情愛に満ちた表情で、小さく頷いた。

「僕は加奈と結婚したけど、由奈ちゃんに対する想いは変わらないよ。義兄として、これからも由奈ちゃんを守っていく」

「うん」

龍之介の慈愛に胸を熱くさせながら由奈が頷いた時、ちょうど敦也と加奈が座敷に戻ってきた。

加奈は自律反射の応用を利用して汗腺を紐で締めているので顔には汗をかいていないが、敦也の額には汗がにじみ出ている。

由奈は立ち上がり、ポケットから取り出したハンカチで彼の額の汗を拭い始めた。

「一番暑い時間帯に外に出るなんて」

「ほんの数分だろう?」

言い返してくるが、敦也の頬は緩んでいる。由奈に汗を拭われて満悦なのか、彼は

〝こっちもしてくれ〟と首を横に傾ける。

由奈は示されるまま、敦也のこめかみや首の汗をハンカチで吸い取った。

「あたしの妹って、こんなにも彼氏に尽くすタイプだったんだ。全然知らなかった」

加奈が目を見開く。でも笑いを抑えられないのか、彼女の口元はおかしそうにぴくぴくしていた。

そうされても由奈は取り合わず、敦也の汗を拭い終えて手を下ろす。

それを合図に、加奈が龍之介の隣に移動した。

「もう少しお話ししたいんですが、夫は夜の仕込みがあり、私も仕事中なので、そろそろ戻りますね。……龍之介、あの件を由奈に話してくれた？」

「あの件？　何かあった？　……あっ、ごめん！　由奈ちゃんとの話に夢中になってて忘れてた」

龍之介が申し訳なさそうにもみあげを指で掻く。

「本当に昔から由奈が可愛くて仕方ないんだから」

加奈がぶつぶつと文句を言う。すると龍之介が姉の肩を抱き、そこを手で撫でた。

「僕が由奈ちゃんに甘いって知ってるのに」

加奈は龍之介に軽くいなされる。ところが怒りはせず、素直に頷いた。

なんでも言い合える二人の仲睦まじい姿に、由奈は羨ましくなる。

私も敦也さんとそういう関係になれるのかな——と思っていると、龍之介が由奈に向き直った。

「実は、小竹さんから由奈ちゃんたちのことを聞いて、すぐに女将に国領さんの話をしたんだ。女将は僕たちと一緒に由奈ちゃんのところに行こうとしたけど、ちょうど萱城(かやしろ)さまが来られてね。残念だが、今日は顔を出せないかもしれない」

萱城とはアパレル会社の重役で、国領社長のように安積旅館を贔屓にしてくれているお得意さまの一人だ。予約なしで来たような話ぶりなので、母は席を外せないのだろう。

女将が私事で仕事場を離れるわけがない。お得意さまが相手となれば尚更だ。

両親に敦也を紹介したかったが、それはまた別の機会にしよう。

「すみません、国領さん」

謝る龍之介に、敦也がとんでもないと首を横に振った。

「いえ、忙しい時期だと把握していながら訪問した僕が悪いですから。またの機会にご挨拶したいと思います」

「では、ゆっくりしていってください」

加奈がそう言って由奈にウィンクしたのち、二人は出ていった。

二人きりになると、由奈は恐る恐る敦也を見上げた。

「あの、姉は敦也さんにいったいどんな話をしたんですか？」

「うん？　もちろん由奈のいろいろな話だ。どれぐらい由奈が可愛いか……、幼少期から学生時代の頃までのエピソードをね」

「お姉ちゃんが!?」

敦也は目を爛々に輝かせて由奈を見入る。

「ああ。ほんの数分だったから、そんなにたくさんのエピソードを聞けたわけじゃないけど」

「変な話ではないですよね？」

不安になる由奈とは違い、敦也は楽しげにくすくすと笑う。

「俺が聞いた限り、変な話ではなかったけど？」

そう言って、加奈から聞いたというエピソードを話し始めた。

「加奈さんが幼稚園に入園したことで、由奈の遊び相手がいなくなったんだって？　ベビーシッターがいるのに、由奈は部屋の中央に一人でポツンと座り、ずっと殻に閉じ籠もっていた。でも加奈さんが帰ってくると、ようやく部屋から出てきて泣きながら加奈さんに抱きついたとか」

いつも家族の間で出てくる昔話に、由奈は苦笑いした。

「私はあまり覚えていないけど、寂しかったんだと思います。だっていつも遊んでくれていた龍くんだけでなく、お姉ちゃんまでもいなくなって……」

「それを知った……倉永さんは、安積旅館に遊びに来る日を週一から週三、四日に変更した。由奈に寂しい思いをさせないために」

「うん。龍くんのお父さん……料理長が傍にいるし、当時は龍くんのお母さんもうちの仲居として働いていたから、学童保育に行くよりいいと思ったみたいです。うちにはベビーシッターも兼ねた家庭教師も来てくれていたので」

「なるほど……。それで倉永さんは由奈たちと幼馴染みなんだな。由奈との話に夢中になるぐらい可愛がっている」

そう、龍之介は由奈を〝妹〟のように可愛がってくれている。

由奈の口元が和んだ時、先ほど龍之介に告白した件を思い出した。

龍之介に想いを寄せていたことは、敦也も熟知している。

だからこそ、心のわだかまりもなく自分の想いを龍之介に伝えられた事実を、敦也に知らせておきたい。

「敦也さん」

「うん？」

「龍くんに、初めて……ずっと好きだったって告白しました」

由奈は敦也の手を握り、顔を上げていく。

「好きだったけど、それはいつも私の傍にいて守ってくれていた〝兄〟としてだった。敦也さんに出会って、愛にもいろいろな種類があるって知った……そんな話をしたんです」

「まさか、倉永さんに自分の想いを告げるとは思ってもみなかった」

敦也は驚きも露わに目を見開く。でも徐々に彼の目が細くなっていった。

「由奈の気持ちはわかっていた。俺はそれだけで充分だった。なのに、由奈が倉永さんに自分の想いを伝えたと知ったら、想像を絶する喜びに包み込まれた」

「本当？」

「ああ。由奈が倉永さんに話せたということは、それぐらい気持ちが落ち着いているという証だから。それを喜ばないわけがない。これで由奈は俺だけのもの」

「私の心は、前から敦也さんだけのものでしたよ」

からかうように囁くが、なんだか急に照れてしまい俯いた。

その時だった。

敦也が不意に由奈の前に手を差し出す。手のひらには、えんじ色のベルベット生地で作られた小さな箱があった。彼は蓋に手を掛けて、ゆっくりと開ける。

「……っ！」

なんとそこには、大きなダイヤモンドが目を引くリングが収められていた。

ダイヤモンドの周囲を囲むのは、これまた煌めく小さなダイヤモンド。花の形を模したそれは、窓から注ぎ込む陽射しに照らされて、キラキラと輝いている。

由奈はおずおずと目線を上げた。

「これ――」

「俺と結婚してくれませんか？　笑みが絶えない関係を由奈と築いていきたい」

予想もしなかったプロポーズに、由奈の胸が高鳴る。まるでカーニヴァルの音楽に合わせて踊っているかのようだ。

呼吸の間隔も狭まり息遣いが荒くなると、敦也がリングを掴み、箱をポケットに入れる。そして由奈の左手を取り、指に塡めようとしたところで動きを止めた。

「由奈、塡めていい？　俺のプロポーズを受けてくれる？」

敦也が由奈との距離を縮め、甘い声で訊ねてきた。

由奈は〝はい〟とだけ答えたいにもかかわらず、あまりにも衝撃が強すぎて声を発せられない。

でも次第に驚愕よりも歓喜の方が勝っていき、由奈の目の奥がじんわりとしてくる。込み上げる涙のせいで、敦也の顔の輪郭が歪んでいった。

「由奈と一緒に温かな家庭を築きたいんだ。俺の妻になってほしい」

由奈は小刻みに首を縦に振る。溜まった涙は頬を伝って落ちた。

ぼやけていた敦也の顔が、鮮明に見える。

口元を緩めた敦也は、由奈の指にエンゲージリングを塡めた。きちんと測られたみたいに、指に収まっている。

由奈はリングに触れて、光に反射して輝くダイヤモンドを眺めていると、敦也がその手を持ち上げて、指先に口づけした。

軽く触れられただけで熱くなり、痺れていく。それが起爆剤となり、由奈の口から喘ぎが漏れた。

ようやく声が出るようになると、由奈は涙目で敦也に微笑んだ。

「とても嬉しい……！」

感情的になって声がかすれてしまう。でもきちんと届いたのか、敦也の口元が和らいだ。

「ありがとう。だが返事をすぐにくれなかったから、断られるかと思った」

それは由奈をからかっているだけだ。敦也の声のトーンでわかる。

とはいえ、初めてのプロポーズに黙ってしまったのは事実。これではのちのち笑い話としてずっと言われ続けるだろう。

それだけはごめんだ。

「プロポーズされるとは夢にも思っていなくて……。だって、私たちは出会ってまだ三ヶ月ほどしか経っていないんですよ？　付き合い始めたのもごく最近で――」

「セックスはもうしたけど？」

直接的な言葉を言われて、敦也に愛された記憶が瞬時に甦る。体内の血液が沸騰したかのように滾り、由奈を魅了した世界に押し上げようとしてきた。

由奈は羞恥で頬が赤くなるのを抑えられない。敦也が触れる手も震えてくる。それを隠したくて、彼の胸板を叩いた。

「そういう話をしているんじゃ――」

そう言った時、敦也が由奈の腰に腕を回し、二人の下半身が触れる距離まで引き寄せる。

由奈は敦也の胸に手を置いて姿勢を保つが、ちょうど左手で輝くエンゲージリングが目に入った。

「エンゲージリングを用意してくれていたんですね。しかも私の指にぴったり。どうして？　サイズを訊かれたこともなければ、敦也さんの前でファッションリングを嵌めたこともないのに」

「覚えてる？　ホテルに楓が来たのを」

楓？　恋人がいながら敦也に抱きついていたあの人のこと？

「彼女がどうしたんです？」

「実はエンゲージリングを作ってくれたのは、楓の兄……ジュエリーデザイナーの裕司なんだ」

「ジュエリーデザイナーのお友達が!?」

なんて交友関係が広いのだろうか。

驚く由奈に、敦也は誇らしげに微笑んだ。

「裕司はジュエリー界のデザイン賞を受賞するほどデザインに長けていてね。それで頼んだんだ」

敦也の言うとおりだ。特段デザインに詳しいというわけではないが、由奈の細い指にもエンゲージリングは綺麗に輝いている。大粒のダイヤモンドだが、そこばかりが強調されていない。

これもデザインの力なのだろう。

「俺がサプライズで渡すのを知っていた裕司が、プロポーズの成功を祈って、由奈のリングのサイズをこっそり測ろうと考えていた。でもそれは難しい。どうしようかと頭を悩ませていた時に、俺がエンゲージリングを注文したと楓に知られた。彼女は勝手にサイズを調べようとして行動に移した。由奈も覚えているはずだ。楓が妙に由奈にべたべたと触ってきたのを……」

そう言われて、楓にいろいろと触られたのを思い出した。

手のみならず、胸も揉まれて……。

由奈は反射的に自分の胸に視線を落とす。

「そんなに楓に触られた感触が残ってるのか？　だったら、俺が消してあげよう」

敦也が由奈を引き寄せ、由奈の胸を彼の胸板で押し潰した。それはベッドインした際にされた行為の一つで、由奈の記憶に生々しく残っている。

「も、もう！」

由奈は敦也の腕の中でもがく。しかし、それを拒むように彼が由奈を持ち上げた。

「キャッ！」

「由奈とはこんな風に言い合っては、楽しく過ごしたい。ずっと、ずっと……」

急に態度を変えて、由奈に真摯な想いを告げる。

由奈は敦也を叩こうとしていた手を下げて、彼の肩に手を載せた。

「本当は予約したレストランでプロポーズをするつもりだった。なのに、由奈が倉永さんへの気持ちを告げたと聞いたら、胸が弾んでしまって……。計画を立てていたのに、上手くいかないものだな」

敦也が片方の唇の端を上げて自嘲する。

「上手くない？……とんでもない！　確かに、雑誌などでは素敵な場所でプロポーズされたいって書いているのを見ますけど、私は好きな人からのプロポーズなら、どこでされても嬉しいです。だって、私を想う気持ちが一番だから」

由奈は情愛を込めて、敦也の頬に触れる。すると彼は目を輝かせた。

「私を求めてくれてありがとうございます。私は未熟で、敦也さんの妻に相応しいとは言えないですけど、これからいろいろと学んでいきます」

「別に頑張らなくていい。愛する由奈を妻に迎え入れられたら、それだけで幸せだ」

「本当に？」

「ああ。そのままの由奈を愛している」

敦也の言葉に胸がいっぱいになる。

由奈は、最初の出会いから飾らない自分の姿を見せていた。醜態も失態もあったが、敦也はそんな由奈でいいと言ってくれているのだ。

「由奈……」

敦也が誘惑に満ちた声音で、由奈を導こうとする。

いつものように心臓がドキドキし、期待で身体が震えてきた。でも彼だけが、求めているのではない。

由奈自身も敦也を……。

由奈が少しずつ顔を近づけていくと、敦也も顎を上げていった。

「好き、好きです……。私が愛するのは敦也さんだけ」

そう囁いた由奈は、想いを込めて口づけた。敦也の唇を軽くついばんでは挟み、愛情たっぷりに息を零す。すると主導権はいつしか彼に移っていた。

敦也が何度も由奈を求めて激しく貪る。彼の首の後ろに手を回し、注ぎ込まれる彼の愛に身を震わせた。

出会いから現在に至るまで、敦也は由奈には真心で接してくれた。この先も続いていくだろう。

愛し合うようになってまだ日は浅いが、敦也の由奈を想う気持ちに偽りはない。それは由奈もだ。

お互いに信頼し合い、手を携えて生きていけば、素敵な家庭を築いていける。

二人でならきっと……。

「必ず由奈を幸せにする。俺を信じてついてきてくれ」

敦也が由奈の唇の上で囁いた。由奈は彼との未来に思いを馳せて、彼にキスする。

そうして想いを伝えながら、二人は一生の愛を誓ったのだった。

番外編

梅の花が開き、春の訪れが待ち遠しくなってきた二月下旬。

ようやく主婦としての生活のリズムが身に付き始めた由奈は、システムキッチンに立ち、朝昼兼用の食事の準備をしていた。

そう、昨年の十二月に愛する敦也と式を挙げたのだ。

敦也からのプロポーズを受けたあと、繁盛期が一段落した九月下旬に両親に彼を紹介した。数十分とはいえ、直接敦也と交流を持った姉夫婦から彼の話を聞いていたせいか、両親はすぐに結婚を許してくれた。

その後、敦也と一緒に国領夫妻のもとへ赴いた。

国領社長は最初こそ由奈の結婚相手として敦也を推挙しなかったが、敦也の真剣な思いをどこかで感じていたのだろう。

敦也が由奈の心を射止めた、否、由奈が彼の心を射止めたと知った途端、もろ手を挙げて喜んでくれた。

敦也の母も同じで、結婚に後ろ向きだった敦也の心を動かしたとして、由奈を未来の嫁として快く迎えてくれたのだ。

両家の許しを得てからというもの、新居選びや披露宴の準備で目の回る日々を過ごしたが、挙式と披露宴に関してはコクリョウパレスホテルの挙式担当者にお願いしたことで問題なく進み、無事に敦也の妻となった。

現在は、コクリョウパレスホテルにも安積旅館にもほど近い、港区の高層マンションに新居を構えて新婚生活を送っている。

「さあ、早く準備をしないと……」

コンロ炊きしたご飯の蒸らしも終わり、ほうれん草、豆腐、油あげを入れたお味噌汁も出来上がった。卵焼きや浅漬けといったものも準備万端だ。九州醤油を使ってほんのり甘めの味付けにしたメインの鮭も、ふっくらと焼き上がっている。

一年前の由奈なら、こんな料理は作れない。でもこうして少しずつ腕が上がったのには理由がある。

好きな人のために美味しい料理を作りたいという思いから、安積旅館の倉永料理長にお願いして料理の勉強をさせてもらったからだ。

その甲斐あって、なんとか料理を作れるようになった。

もちろん倉永料理長直伝のレシピだけだが……。

それでも一年前に比べたら、由奈の料理の腕は格段に上がった。今回の鮭料理は、敦也の大好物にまでなった。

これからも努力あるのみだよね——と言い聞かせながらふふっと笑い、壁に掛けられた時計を見る。

時間を確認して、由奈は大きく息を吸い込んだ。

「嘘、もう十一時を過ぎてる！」

ダイニングテーブルにランチョンマットを敷くと、お箸や食器などを並べる。鍋敷きの上に釜を載せ、出来上がった料理を盛ったお皿をテーブルに置いた時、裸足でこちらに近づいてくる音が耳に届いた。

「うーん、いい香りだ。俺の大好きな料理を振る舞ってくれるなんて、今日は最高の一日の始まりだな」

そう言った敦也が、背後から由奈を抱きしめた。

ボディソープの爽やかな香りに包まれると同時に、シャワーを浴びて熱くなった敦也の体温が由奈に伝わる。

由奈は片手を上げ、腹部に回された敦也の腕を掴む。すると彼が由奈の肩に顎を載せてすり寄ると、鼻先で耳元をくすぐってきた。

由奈は笑って、ほんの少しだけ首を回す。

「今日だけが最高の日なの？」

「いや、毎日だ。由奈が俺のもとに嫁いでから、毎日が幸せすぎる」

敦也が由奈の耳朶に唇を押し付けて、甘噛みする。それだけで、由奈の身体の芯が甘く痺れた。

結婚してから二ヶ月あまり経ったが、未だに敦也は恋人時代のように情熱的で、由奈を愛する心を隠さない。

敦也の変わらない想いが嬉しくて、由奈は彼にされるがままに愛撫を受ける。

「あっ……」

感じやすい耳朶の後ろを鼻頭で擦られ、由奈の口から息が零れた。

「もう一度ベッドに行きたいな……」

誘惑に満ちた声色に、由奈の心が揺れる。でもそれを断ち切るように、敦也の腕を叩いた。

「ダメ。もうお昼前なんだから」

実は今日は、以前から敦也と外出の約束をしていた。

十時には家を出る予定だったので、早く起きて朝食を作ろうと思っていたのに、まだ眠っていたはずの敦也に行く手を阻まれた。

ベッドから出るのを許してくれなかったのだ。

敦也の求めが一度で終わるはずもなく、そのせいでベッドを出る時間が大幅に遅れてしまった。

遅れを取り戻すべく、さっさと動かなければ……。

「じゃ、諦める。……俺の大好きな料理を食べ損ねたくない」

そう言って、敦也が由奈を抱擁する腕の力を抜いた。由奈は振り返り、しどけないバスローブ姿の彼を見上げる。

すると敦也は、由奈の左手を持ち上げた。プラチナのマリッジリングの傍に熱い口づけを落とし、上目遣いをして微笑む。

「さあ、奥さまが愛情を込めて作ってくれた朝食を食べよう」

「ほぼ昼食になるけどね」

由奈が目を眇めてちくりと言うと、敦也が大声で笑った。

「悪かったよ。由奈にベタ惚れなのも、傍にいたら触れずにいられなくなるのも、全部俺が悪い」

「もう！」

敦也は自分に非があると認めるも、結局のところ由奈を愛しすぎているからだと言ってくる。

毎回こんなやり取りの繰り返しだ。しかし、愛する夫から向けられる愛情が嫌であるはずがない。

「さあ、食べましょう。今日は何時までかかるかわからないんだし」

「はい、奥さま」

敦也が由奈をエスコートする。そしてダイニングテーブルの席に着くのを見て、由奈は、ご飯をよそおうと釜の蓋を開けた。

立ち上る湯気、光る米粒ににっこりするが、その匂いをもろに吸い込んだ時、急に気分が悪くなった。

思わず顔をしかめて、口元を手で覆う。

「由奈？　どうした？」

「……いいえ」

炊き立てのいい香りのはずなのに、何故嘔気が込み上げるのだろうか。こんなのは初めてで、由奈は困惑してしまう。

ひょっとして、敦也に愛されすぎたせいで体調を崩した？　でもそう言ったら、今日の予定が流れてしまう。

「気分が悪いのか？」

「ううん」

由奈は生唾をごくりと飲み込んで、ご飯をよそう。それを敦也に渡して腰を落とした。

それが良かったのか、潮が引くように胸の悪さも落ち着いていく。

やはり今朝から動きすぎたのだ。ベッドの中で……。

「何かあったら隠さずに言ってほしい」

「うん、ありがとう。じゃあ食べましょう。いただきます」

にっこりすると、敦也はようやく安心したようだ。

「いただきます」

手を合わせた敦也の箸が最初に伸びるのは、もちろん焼き鮭だ。

幸せそうに食べてくれる姿を眺めては、由奈も胃を満たしていった。

先ほどみたいに嘔気が込み上げるかと思ったが、それはあの一瞬だけで、今は問題ない。

やはり自分で思っていたよりちょっと疲れているのだろう。

「そうそう、楓がとうとう年貢の納め時だと悟ったようだ」

「楓さんって、敦也さんを見れば愛情を示していた、あの女性？　何を悟ったの？」

すると、敦也が楽しそうに目を輝かせた。

「結婚だよ。今までは彼氏とはまだ恋人関係でいいと言っていたが、先日ようやくプロポーズを受けたらしい」

「本当!?」

敦也に一途な想いを捧げる楓が結婚の決意を固めたという知らせに、由奈は驚いた。

でも、彼女が結婚しても、敦也への想いは変わらないような気がする。

何故なら由奈と結婚した敦也を、今でも追っているからだ。

とはいえ、楓が新たな道へ進もうとする知らせは本当に嬉しい。

「ああ。ただ動機は不純だが……」

「何が不純なの？」

「俺らの結婚を見て、同じ景色を見たいんだとさ。まあ、でも……これで楓も落ち着いてくれるだろう」

やれやれと肩をすくめる敦也に、由奈はぷっと噴き出した。

「楓さんの性格上、そう簡単に自分を曲げない気がするけど？」

由奈の返事に、敦也が困ったように苦笑いする。

「確かに。楓はそういう性格だ。もう少し大人になってくればいいものを。結婚して子どもができれば変わるかな。……子どもといえば、もうすぐだったよな？　由奈が若女将の代理で働くのは」

「うん。来週から……」

「ということは、あと二ヶ月ほどか。楽しみだな」

由奈は笑顔で頷く。

現在、加奈は妊娠八ヶ月で、そろそろ産休を取るように家族から言われている。

結婚を機に退社した由奈は、妊婦の姉を助けるために時々旅館を手伝っているが、加奈が産休に入れば由奈が姉に代わって常勤する予定だった。

それは結婚する前から、家族間で話し合われて決定したことだ。

「忙しい日は家に帰れないかもしれないけど」

「わかってる。お義姉さんはこれから大変なんだから、家族が助けないと。俺の姉が妊娠中の時も大変だった。脚がむくんだだの、腰は痛いだの……。義兄は振り回されていたよ」

敦也がご飯をおかわりしようとするのを感じて、由奈は腰を上げかける。しかし彼は、由奈よりも素早く動いて自分でよそった。

座り直した由奈は、敦也が再び食べ始めるのを見て口を開く。

「でもお義兄さんは、お義姉さんにそうされるのが嬉しかったって。もちろん体調は大丈夫だろうかって心配はしたけど、男にはわからない大変さを一緒に感じさせてくれたから……」

「義兄はそんなことまで由奈に？　……ああ、わかった。由奈の口から聞けば、俺も心積もりできると思ったのかな」

由奈はただ唇の端を上げて、料理に箸を伸ばした。

「夫婦になるからには、苦しい時も楽しい時も、病める時も健やかな時も……一緒に分かち合えよって、教えてくれたのかも」

「もちろん、俺は率先して妻のためならなんでもするけど。まあ、先輩夫婦の助言として受け取っておく。……その時に姉に聞いたのか？　赤ん坊が生まれた時、何をもらったら喜ぶかって」

由奈は頷く。

今日は敦也と一緒に、姉の出産祝いとして事前に贈る品を買いに行く日だった。

由奈が加奈の代わりに働き出すと、なかなか自由の時間が取れない。それに、三月になれば、ホテル業はだんだん忙しくなる。

二人の休みを合わせるのが難しくなるので、早めに動こうという話になった。

何を贈るのか、それはもう決めている。

ベビーカー、チャイルドシート、ベビーチェア、ロッキングチェア、そしてベビーキャリーが一体型となったトラベルシステムだ。

重たいのが難だが、マルチに使用できる仕様になっている。

義姉曰く〝持っていて損はなし〟という話だった。

その件を敦也と相談したのち、加奈と龍之介に伝えた。

実家と旅館にロッキングチェアやベビーチェアを二セット置く予定だったが、由奈夫婦の贈り物で解決されるということで、加奈も龍之介も楽しみに待っていてくれると言ってくれた。

今日はそれを買うため、いろいろなお店を回る予定にしていた。

残念ながら、家を出るのは昼過ぎになってしまうが、それは仕方がない。

敦也の誘惑に負けたのは、由奈自身なのだから……。

「さあ早く食べて、出掛けましょう」

由奈が催促すると、敦也も急いでご飯を食べた。

食事を終えたあとは、敦也が食器を洗い始める。そこは彼に任せて、由奈は身支度を整えるためにドレッシングルームへ移動した。

大きめのタートルネックセーターにチェック柄の巻きスカートを合わせ、髪の毛をルーズアップにする。

寒さで血色が悪くなるのが嫌なので、いつもより明るめのアプリコット色の口紅とチークをのせる。そして、エンゲージリングのデザインに似たフリックピアスを耳元につけた。

それは左手の薬指に輝くリングが、エンゲージリングからマリッジリングに代わった時に、敦也からプレゼントされたものだ。

耳元で輝くピアスを指先で揺らして頬を緩めていると、チノパンにセーターを合わせた敦也がドレッシングルームに入ってきた。手には、ダウンジャケットがある。

「準備はできた？　行こうか」

「はい」

由奈は敦也とお揃いのダウンジャケットを羽織り、一緒に家を出た。

敦也のSUV車に乗り込むと、まずは郊外にある赤ちゃん用品が充実した大型専門店に向かった。

マンションを出てから約一時間三十分後、目当てのお店に到着した。

ここを起点に、自宅へ近づくようにして店を梯子する予定だ。

ベビー服も見たいが、まず目的の品をチェックするために、ベビーカーや乳児専用チャイルドシート、ロッキングチェアなどの売り場で立ち止まった。

どれも種類が豊富で、目移りしてしまう。

「凄い……！」

いろいろな型のベビーカーがある。でも、お目当てのブランドのトラベルシステムはなかった。

義姉から〝表参道(おもてさんどう)にある専門店に行かなければない〟と聞いていたとおり、やはりそちらに足を運ばないと買えないのかもしれない。

しかし、こうして様々なベビーカーを見ようと思ったら、売り場面積が広い大型専門店でないと確認できないだろう。

「こんなに種類が豊富だと思わなかった」

「うん、私も……」

「だからこうして皆どれがいいのかとチェックしているんだな」

由奈は敦也の視線の先を追い、妊娠中の夫婦や、幼い子どもを連れた家族、両親を連れた三世帯家族などを眺めた。

今日は平日だが人出は多く、小学校に上がる前ぐらいの子どもたちがフロアを走り回っては大声で叫んでいる。

幸せな光景に由奈の頬が緩んでくると、敦也が由奈の肩を抱いてきた。

「子どもは授かりものだから焦ってはいないし、まだ由奈と二人きりで過ごしたいなとも思っている。ただ笑みが絶えない家族を目の当たりにしたら、俺たちの間に……生まれてくる子も、あんな風に幸せを感じてくれるのかなと想像してしまうな」

「もちろん」

由奈は敦也に寄り添って即答する。

「お姉ちゃんから〝妊娠してるの〟って聞いた時、これまでに見たことがないぐらい輝いてた。大きなお腹に触れながら微笑む姿は、まるで女神みたいで……。お腹に愛する人との子どもがいるだけで、あんなに幸せそうなのよ？　無事に生まれれば、夫婦の愛情はもっと深くなる。子どもは幸せに決まってる」

親の温かな眼差しを向けられてはしゃぐ子どもたちから、敦也に視線を移す。

敦也が〝子どもは授かりもの〟と言ったように、由奈たちは結婚してからは避妊せず、自然に任せている。

二人の想いが今以上に深く結ばれたら、きっと私たちの間にも天使が――そう思っていると、敦也が由奈の腹部に触れてきた。

「俺たちに愛される子どもが、必ず生まれる。楽しみに待とう」

由奈は敦也の言葉に心を躍らせて、彼の手にそっと手を重ねる。

「はい……」

「おじちゃんとおばちゃんも、パパとママみたいにらぶらぶだね」

急に聞こえた可愛らしい声に、由奈はそちらを見る。

そこには四歳か五歳ぐらいの男の子が二人いた。お揃いのズボンとセーター、そしてコートを着ている。面立ちが瓜二つの双子は、由奈と敦也を交互に眺めていた。

由奈はすぐに膝を曲げて、子どもたちと目線を合わせる。

「本当？　パパとママみたいにらぶらぶに見えた？」

「うん！　パパもママのおなかをさわるんだ。そこにはね、そこにはね――」

「ぼくたちおにいちゃんになるんだ！　おにいちゃんに！」

「いもうとだよ！」

二人は負けじと由奈に報告してくる。

凄まじい勢いで話し出すので、由奈は戸惑って目をぱちくりしてしまう。それでも自分の方へ意識を向かせようとする双子に相槌を打っていると、敦也が男の子の頭を撫でた。

「お兄ちゃんになるのか。いいな……。二人ともいいお兄ちゃんになって、妹を可愛がるんだよ」

「うん！」

顔をくしゃくしゃにして笑う。それを見ていたもう一人の男の子が、自分も撫でられたいのか、悲しそうに口をへの字にさせる。

敦也はそれに気付き、もう一人の男の子にも同じようにしてあげた。

「女の子はか弱いから、怪我をしないように守ってあげて」

「わかった！」

いい兄になると誓い、その場でぴょんぴょん飛び跳ねる。

「パパとママはどこ？」

「あそこ！」

由奈の言葉に反応した双子が奥を指す。

そこには、三十代前半ぐらいの夫婦がいた。女性のお腹の膨らみを見る限り、九ヶ月ぐらいだろうか。愛おしそうにお腹に触れては、夫と思しき男性とベビーベッドを見比べている。

「パパとママが心配するよ？　さあ、もう行っておいで」

由奈が言うと、双子はキャッキャと声を上げてそちらに向かう。由奈は彼らの姿を追いながら立ち上がり、スカートの皺を伸ばした。

その時、双子の一人が母親の、もう一人が父親の脚に抱きついた。

両親に頭を撫でられた二人は、由奈たちに話しかけてきた時と同じように、何やら一生懸命に話している。

素敵な家族を眺めていると、敦也が由奈の肩を抱いた。

「とても可愛い双子だったな」

「うん。そして、とても勉強になった」

「勉強？」

「うん。生まれてくる子どもが双子だったら、両親の喜びは倍増になるけど、愛情を向ける時は平等じゃないとダメなんだなって。同じように接しないともう一人が悲しんでしまう。さっきの敦也さんの対応とご両親の行動を見て実感しちゃった」

由奈はいつまでも可愛い双子を見ていたかったが、敦也と一緒に歩き始める。

「それは双子に限らず、二人目、三人目……と子どもが生まれても同じだろうな」

そのとおりだ。双子だから大変なのではない。生まれてくる子どもには、それぞれに見合った愛情を注がなければ……。

由奈にはまだ先の話だが、子どもがいる家庭をじっくり眺めていて、親になるのも覚悟がいるのだなと改めて考えさせられた。

「親になるって大変だね」

「何事にも初めてがある。子どもが生まれれば、由奈は母親一年目に、俺も父親一年目になる。喜びとともに、子どもと一緒に少しずつ成長していけばいい」

「うん。……そうだね」

「さあ、行こう」

店を出ようと移動するが、そのたびに乳幼児用の肌着やカバーオールなどが目に入る。とても小さくて、可愛くて、何度も足を止めてしまった。

「赤ちゃん用って、どうしてこんなに可愛いの！」

服も買ってプレゼントしたいが、加奈たちはガーゼ、天竺、パイルといった素材を念入りに調べて購入している。

赤ちゃんの素肌に直接触れるからこそ、親としてこだわりを持っているのだ。洋服をプレゼントしたいのなら、ひとまずアウターなどに限定した方がいい。

本当にいろいろと難しいな――と思いながら、由奈たちは大型店を出て次の店、また次の店へと移動する。

目的の商品は義姉から教えてもらっていたとおり、どこにもなかった。

残念だったが、夫婦の会話や親御さんの要望などを小耳に挟めたため、有意義な時間を過ごせた。

一年前なら、ほぼ素通りしていただろう。でも今は、いつ妊娠してもおかしくない状況だ。

となれば、意識は自然とそちらに向いてしまう。そのせいで、赤ちゃん用品に目移りしたり、夫婦の会話にも耳を引き付けられたりした。

結果、お店に寄るたびに滞在時間が長くなってしまった。

現在、最後の目的地に移動しているが、既に陽は沈んで空は暗闇に包まれている。フロントガラスに反射する車のライトが眩しいほどだ。

いつもなら気にならないのに、妙に目の奥が痛くなってきた。加えて、車に酔ったかのように心なし胸が気持ち悪い。

ところが、敦也の運転する横顔を見ているだけで気分も楽になってくるので、全然辛くはない。

うっとりと愛しの夫を眺めていると、敦也の唇の端が上がる。

「ひょっとして俺は誘われてる？」

「誘う？」

「愛情たっぷりに見られていたら、反応してしまうけど？」

敦也の言い方に由奈は笑い、小首を傾げて彼の顔を覗き込む。

「素敵な旦那さまだなって思ってたの」

嘘偽りのない真実を伝える。

「やっぱり誘ってる。男心を揺さぶる仕草をして、俺を煽ってくるんだから」

敦也が、膝の上に置いていた由奈の手を握ってきた。

「う、運転中なのに！」

由奈はどぎまぎしてさっと正面を向く。しかし車は赤信号で停まっていた。

危険がなかったことにホッとするが、いきなり握られた手を引っ張られて、由奈は敦也の方に引き寄せられた。

体勢を整えるために敦也の膝の上に手を置いて、面を上げる。

「敦也さん？」

「俺の妻になってから、どんどん艶っぽさが増してきてるってわかってる？　俺を見つめるその目つきも口元も……俺をそそる。そんな風に誘惑されたら、やっぱり拒めないな」

敦也が由奈の首の後ろに手を添える。タートルネック越しなので直ではないが、彼が指を動かすだけで由奈の口から甘い息が零れた。

由奈が顎を上げて息を吸うと、それを狙ったかのように、敦也が由奈の首の後ろに手を添えて口づけした。

「っんぅ！」

敦也は由奈の唇を味わい、口腔に濡れた舌を滑り込ませる。彼の舌に追いかけられ、絡ませられると、脳の奥が痺れていった。恋い焦がれるような想いに、由奈の身体が蕩けてしまいそうになる。

しかしそれは長く続かない。敦也がキスを終わらせたからだ。

「ちょっと熱っぽいな……。疲れた？」

由奈の唇を撫でながら、心配そうに訊ねてくる。

「疲れた……といえばそうなのかな。でも大丈夫です」

そう言った時、信号が青になり、前方の車が進み始める。

敦也も運転に集中するが、由奈が気になっているのが、眉をひそめた彼の横顔でわかる。

「今日はいろいろなベビーカーの種類を見て回ったから、いつもより疲れたのかも。だって、今朝も……エッチしちゃったし」

由奈が照れながらも口にすると、敦也がふっと笑った。気軽な口調で話したおかげで、いくらか安心したみたいだ。

良かった――と安堵の息を吐くと、由奈は座り直して正面を向いた。

ちょうど車は代々木公園の近くを通っている。目的地の表参道の店はもうすぐだ。

それから数分後に、お店の近くのパーキング駐車場に車を停める。

外に出た瞬間、身体の芯まで凍えそうな冷たい風に、由奈はぶるっと身震いした。たまらず我が身に両腕を回す。

「風が冷たい！」

「おいで」

敦也が由奈に手を差し出す。すぐにつなぐと、彼はダウンジャケットのポケットに突っ込んだ。

敦也の傍に引き寄せられた由奈は、温もりに包まれながら彼の歩幅に合わせて歩き出す。

国道に沿う歩道に出ると、ほんのわずかだけスピードを落とし、敦也の腕に手を添えてすり寄った。

「今日の用事が終わったら……どこか美味しいお店に連れっていってほしいな」

「任せて。それはもう準備してる」

敦也が唇の端と眉を上げて〝いい夫だろう？〟と伝えてくる。

その表情がおかしくて、由奈は噴き出した。

「とっても素敵な旦那さまに愛されて、私は幸せよ」

「愛する君の心を得られて、俺こそ幸せ者だ」

敦也が由奈の頬を撫で、エンゲージリングとお揃いのフックピアスを軽く指で弾いた。

ゆらゆら揺れる感触に、敦也からピアスをもらった日が甦る。

敦也は〝俺に嫁いできてくれてありがとう。由奈のいい夫に、いい父親に、そして愛するに値する男だったと思ってもらえるように、一生由奈を愛していく〟と言って、自らの手で由奈の耳にそれを飾った。

フックがピアスの穴を通った時、誓いを立てる敦也の言葉が胸の奥に刻まれた。

その出来事を思い出しながら、由奈は敦也を見返す。

敦也の愛は本当に深い。いつも由奈に心を砕いてくれる。

でもわかっているのだろうか。敦也が由奈の傍にいて笑ってくれるだけで幸せなのだというのを。

「一年前の俺に言ってやりたい。どんな女性と出会っても、心を揺さぶられたことがなかった自分に……」

「なんて言うの？」

「〝愛〟を信じないのはわかる。だが〝愛〟とは自分では想像もつかないところから現れて、唐突に心を絡め取られる。用心しておけよ……と」

「用心するの!?　ひょっとして私に心を奪われるのが嫌だったから？」

驚いた由奈に、敦也が〝バカだな〟と言わんばかりに笑って歩き出す。

「用心するのは由奈に……ではない。自分にだ。由奈と初めて会ったホテルで別れたあとも……頭の中は由奈でいっぱいだった。初めての経験で驚いたし、戸惑ったし、心が乱れた」

敦也の話に、由奈の口元がほころんでいく。それが見えたのか、彼がポケットに入れた手を動かして由奈を引き寄せた。

よろけた由奈は敦也の腕を掴み、体勢を整えながら目線を上げる。

「言っておくが、由奈と出会う前までは、女性に悩まされたことなど一度もないんだからな。まさか動悸がするほど身が震えて、慌てるとは……」

　そこまで言うと、敦也が由奈に顔を寄せてきた。

「それぐらい、由奈は俺をドキドキさせて、居ても立ってもいられなくした。由奈に心を射貫かれた俺がどうなったのか、もうわかっているだろう？」

　内緒話をするように、敦也が由奈の耳元で囁く。

　時折かかる息がこそばゆくて、たまらず肩を窄めてしまうと、敦也がクスッと声を出して顔を離した。

「さあ、行こう。あの交差点の向こうだろ？」

「うん。お義姉さんから教えてもらったお店があそこよ」

　義姉が購入したのは数年前の話だが、そこで親友の出産祝いを購入するたびにトラベルシステムを見ているという話なので、今も取り扱っているはずだ。

「そういえば、取り寄せになるって言ってたな」

「うん。だけど見本は店に置いてあるから、しっかり確認ができるって」

　閉店時間は二十時と少し早いが、まだ二時間はあるので、のんびりと選べるに違いない。

由奈はわくわくしながら敦也と交差点を渡る。そうして、数メートル先にあったベビーショップに到着した。

レンガタイルを貼った外観からは、到底ベビーショップとは想像できない。洒落たカフェといった雰囲気だ。

けれども間違えないのは、大きなウィンドウケースに飾られたベビー用品のおかげだろう。

「ここだな」

「ええ。入りましょう」

店内に入ると、ウッドシェルフで統一された温かみのある内装に目が釘付けになった。クリーム系の壁紙を背景に、大型店舗で見たようなベビーベッド、ベビーカー、ベビーインテリアが飾られている。

「トラベルシステムはこれか……」

敦也の言葉で立ち止まり、そちらに目を向けた。

義姉から教えてもらったメーカーのものが、そこにあった。

見本として五パターンが展示されていて、どんな風に使えるのか試すことができるようになっている。

「ネットで確認していたけど、やっぱり実物を見ると違うね。とても素敵！」

由奈の反応に、敦也はすぐに同意した。

「俺は姉のところで実物を見ていたし、ベビーキャリーを持った経験もあるけど、当時は気にも留めてなかった。でも結婚した今、改めて触ると……いいよなって思ってしまう」

敦也がベビーカーを押したり、ロッキングチェアを揺らしたりする。その横で、由奈もベビーキャリーを持ち上げた。

義姉が言っていたとおり、やや重い。そこに赤ちゃんをのせると持つのが辛くなる。でもそういう時は、男性に頼ればいい。

敦也もさっき、ベビーキャリーを持った経験があると言っていたではないか。義姉は自分で持つのは辛かったから、弟の敦也に任せたのだ。

「乳児用だから使える年数は少ないけど、これでいいよね？」

「ああ。もう少し大きくなったら、次は幼児用をプレゼントしよう。乳児用のこれは、また使ってもらえるよ。二人目、三人目ができればね」

「そうだよね。……お姉ちゃんも龍くんも、三人はほしいって言ってたし」

「由奈は？」

急に耳元で囁かれて、由奈はさっと振り仰ぐ。

実は敦也とは、いつの日か授かりたいという話はしても、何人ほしいかというところまで掘り下げたことはなかった。だから、敦也がどう思っているのか正直わからない。

そのため、由奈はおずおずと口を開いた。

「私は……二人か三人はほしいなって。敦也さんは？」

すぐに訊ね返す。すると敦也が幸せそうに微笑んだ。由奈の腰に手を回して、彼の方に引き寄せる。

「俺もそれぐらいほしい……。もちろん、由奈が一人がいいって言うなら、それを尊重するつもりだったが、由奈も俺と同じ気持ちだと知って嬉しいよ」

「私も嬉しい」

由奈たちが微笑み合い、再びトラベルシステムに視線を向けたその時だった。

「お伺いいたしましょうか？」

三十代ぐらいの女性スタッフが、朗らかに話しかけてきた。

「お願いできますか？」

敦也がそう言い、今見ていたトラベルシステムを指す。

義姉から教えてもらっていたように店内に在庫はないが、倉庫から直接配送するので、数日で自宅に届くという話だった。

「だったら、すぐに持っていけるね」

敦也の残業がない日に、一緒に旅館へ行ってプレゼントを渡せばいい。

きっと、来週明けにも行動に移せるだろう。

そうして姉夫婦へ渡す贈り物を無事に購入すると、由奈たちは店をあとにした。

「これで終わったね。じゃ、約束どおり、美味しいものを食べに連れていってほしいな」

由奈は笑顔で敦也の肘に手を絡めて、彼に身を寄せる。

ところが敦也の顔からは先ほどの明るい雰囲気が消え、真面目な面持ちで由奈を見下ろしていた。

その眼差しにドキッとしてしまう。

「どうしたの？　私、何か変なことを言った？」

「ううん、そうじゃない。実はずっと気になっていたことがあって……」

「えっ？」

由奈が眉根を寄せると、敦也が由奈を軒先の下へ誘って立ち止まった。

敦也は一度腕時計を見て「急げば間に合うか」と呟き、由奈に視線を戻す。

「お義姉さんがお世話になってる病院……産婦人科に、これから行ってみないか？」

「えっ？　……どうして産婦人科に？」

敦也の言葉にきょとんとする。しかし、彼が由奈の下腹部に触れて、覆いかぶさるように顔を近づけてきた。

「いつもは炊き立てのご飯の匂いを嗅いでも、気分が悪くなることはなかった。それに、車にも酔わないのに酔っていたし。由奈に出会ってからこんなの初めてだ。あと、生理も遅れてる」

敦也に言われて、由奈は唖然とする。言われてみれば、加奈の妊娠が発覚した際と由奈の症状は、いろいろと符合している。

もしかして、私も!?　――と呆然としながら敦也を見る。

「わからないからこそ、はっきりさせておきたい。そうじゃないと、俺が気が気でなくなる。それでなくても、朝……抱いただろ？　それでお腹の子を危険に晒したかもしれない」

それは考えすぎだと言いたかったが、こういう時は寒い中を歩き回るより、病院で診てもらって早めにはっきりさせるべきだ。

妊娠していれば喜び、していなければ、また次の機会を楽しみに待てばいいのだから……。

「じゃ、家に戻る前に病院へ寄ってみる？」

「ああ、行こう」

敦也は由奈を急き立てながらも転ばないように肩を抱き、駐車場へ向かう。車に乗り込むと、安積旅館と自宅マンションを挟んだ中間点にある、産婦人科の病院へ車を走らせた。

——数十分後。

三階建ての産婦人科病院に到着した時、ちょうど二十代ぐらいの看護師が受付終了の札を置こうとしたところだった。

「すみません、大丈夫でしょうか」

敦也が慌てて看護師に訊ねる。

「大丈夫ですよ。初診でしょうか？」

「はい」

全て敦也が応対する。

看護師は微笑みながら受付に案内し、そこで問診票を渡した。

由奈たちはソファに移動すると、検温したり問診票に書き込んだりしたりする。その後、敦也がそれを受付へ持っていった。

由奈は敦也の後ろ姿を目で追い、そのまま待合室を見回した。

お腹の大きな妊婦が数人と、由奈と同じように見た目は変わらない若い女性が一人いた。

私と同じように妊娠したのか確かめに来たのかな？　――そんな風に考えていると、看護師が由奈のところに来て紙コップを差し出す。

由奈はそれを受け取って化粧室へ行って待合室に戻ると、ソファに座る敦也の隣に腰を下ろした。

診察室から一人の妊婦が出てくると、次の妊婦が入れ替わりで入っていく。

そんな光景を敦也と手を取り合いながら見ていた。

それから三十分後、最後の由奈が呼ばれる。

「行ってくるね」

「ああ、ここで待ってる」

由奈は頷き、診察室に入った。

姉の加奈から聞いていたとおり、院長の女医がいた。五十代ぐらいのふくよかな女性はとても優しくて、問診票を見ながら何度も頷く。

「じゃ、診てみましょう」

初めてのことでおろおろする由奈に、看護師が丁寧に説明し、内診台へ促される。腹部のエコーも撮って診察を終えると、再び椅子に座った。

「待合室にいらっしゃるのは旦那さん？」

「はい」

「一緒に説明を聞きますか？」

「いいんですか⁉ 夫と一緒にお願いします」

由奈の返事を聞いた看護師が敦也を呼びに行ってくれた。

敦也はすぐに診察室に入り、由奈の隣に置かれた椅子に腰を下ろす。そして女医が由奈たちに笑顔を向けた。

「おめでとうございます。七週目に入ったところですね」

女医の説明に息を呑んだ。

本当に？ ……本当に赤ちゃんが⁉

目を見開きながら、由奈は咄嗟に敦也に手を伸ばして彼の手を掴む。すると、彼が強く握り返した。

「エコー写真にもしっかり写ってますよ。まだ小さい小豆程度の大きさですけど、これね。心拍も確認できるから安心してくださいね」

初めての妊娠ということで、女医からいろいろな注意を受ける。また妊娠初期なのもあり、安定期に入るまで無茶はしないようにという助言ももらった。

そうして由奈たちは女医と看護師にお礼を言って、診察を出る。

途端、敦也がいきなり由奈を強く抱きしめた。

「凄い、凄い……凄い！　由奈と俺の子どもだ！」

喜びを爆発させる敦也を見ながら、由奈は笑い声を上げて彼を見上げる。

「全然妊娠していることに気付かなかった」

「俺が言っても、きょとんとしていたもんな」

敦也が由奈の腰を抱いてソファへ促した時、受付から「国領さん」と名前を呼ばれた。彼はそちらへ進み、精算をする。それを終えて敦也が由奈のところに戻ってくると、二人で看護師や受付スタッフに頭を下げて病院をあとにした。

地下駐車場に置いた車に乗り込むなり、敦也がいそいそと由奈のシートベルトに手を伸ばす。そして、彼自らバックルに差し込んだ。

敦也はエンジンをかけてアクセルを踏むと、幹線道路に向かって車を走らせた。

「今日は疲れただろう？　このまま真っすぐ家に帰ろう。簡単なものしか作れないが、今夜は俺が由奈のために手料理を振る舞う」

「敦也さんが作ってくれるの？」

驚く由奈に、敦也は楽しげに唇の端を上げる。

「もう忘れた？　グランピング施設のバーベキューでは、俺が率先して料理していたのを」

そう言われて、由奈は仕事でグランピング施設へ行った時を思い出した。

敦也の手際がとても良かったのを……。

「そうだったね。じゃ、今夜は敦也さんの厚意に甘えようかな。手料理、楽しみにしてるね」

「ああ」

由奈は、今も興奮冷めやらない敦也の輝いた目を見ながら、ふふっと頬を緩めた。

本当にお腹に赤ちゃんがいるんだ……。

由奈はまだなんともない下腹部を優しく撫でた。

結婚して二ヶ月あまりで妊娠だなんて驚きだが、それでも嬉しくてたまらない。自然に任せた結果、天使が由奈たちを選んでくれたからだ。

これから生活環境が変わるだろう。それでも敦也となら、手を携えて頑張っていける。

由奈が敦也と一緒に生まれてくる子どもを守ると誓いながら、彼を見続けていると、彼がそっと口を開く。

「進んでいこう。俺たちの未来へ」

「私たちの未来へ……」

由奈は未来に思いを馳せながら、下腹部に触れて口元をほころばせたのだった。

あとがき

こんにちは、綾瀬麻結(あやせまゆ)です。このたびマーマレード文庫では三冊目となる『失恋後夜、S系御曹司の猛烈な執愛に捕まりました』を発表させていただける運びとなりました。これもひとえに、応援してくださる皆様のおかげです。本当にありがとうございます！

今作は、前作、前々作に続いて共通点があるんですがわかりましたか？　実は過去の作品で〝お見合い〟が行われていたあの老舗旅館の令嬢が、今作のヒロインとなっています。と言いながら、それほど深いつながりがあるというわけでもないんですけどね（笑）

なので、今初めて拙作を手に取り、そのままあとがきをご覧になっている方でも、この一冊で充分に楽しめる内容となっております。とはいえ、拙作が初めての方には、この機会に過去作も読んでいただけたら嬉しいかな～なんて☆

さて、今作を書いている時期は〝まだ頻繁に外に遊びに行くのはちょっと……〟みたいな頃でした。私も勝手に自粛生活を送っていたので、めちゃくちゃどこかへ行きたい病が出ていたんですよね。それで由奈と敦也が視察に行くのに合わせて、私も一緒にトリップしちゃいました。

当然大阪在住の私は、簡単に関東へは行けません。それで関西では有名な某所に足を運びました。餅団子を食べてはその美味しさににっこりし、グランピング施設では壮大な自然を満喫しました♪

それらをモデルにしつつも、現存する関東のものと融合させてできたのが、作中のものになります。

本当にいい経験ができました。二〇二三年も創作に活かせるような体験をしたいな。どこがいいだろう……（笑）といった感じでまだ話し足りないですが、そろそろ無駄話はこれぐらいにしておきますね。

今作から私を優しく導いてくださった新しい担当様、表紙から抜け出てきそうな由奈と敦也を素敵に描いてくださった南国(なんごく)ばなな先生、そして新刊に目を留めてゲットしてくださった皆様に、心より謝意を！　本当にありがとうございました。

再び新しいお話を発表できるように、二〇二三年もしっかりと精進したいと思います。こんな私ですが、これからも応援のほどよろしくお願いいたします。

マーマレード文庫

失恋後夜、S系御曹司の猛烈な執愛に捕まりました

2023年1月15日　第1刷発行　定価はカバーに表示してあります

著者　綾瀬麻結　©MAYU AYASE 2023
編集　株式会社エースクリエイター
発行人　鈴木幸辰
発行所　株式会社ハーパーコリンズ・ジャパン
東京都千代田区大手町1-5-1
電話　03-6269-2883（営業）
0570-008091（読者サービス係）
印刷・製本　中央精版印刷株式会社

ISBN-978-4-596-75952-8

m a r m a l a d e b u n k o

marmalade bunko
マーマレード文庫